LA MEKIS,

OU

LES VOYAGES

EXTRAORDINAIRES

D'UN EGYPTIEN

Dans la Terre interieure,

AVEC

La découverte de l'Isle des Silphides.
Par M. le Chevalier DE MOUHY.

QUATRIE'ME PARTIE.

A PARIS,

Chez POILLY, Quay de Conty, au coin
de la ruë de Guenegaud, aux Armes
d'Angleterre.

M. DCC. XXXVII.

Avec Approbation & Privilege du Roy.

LAMEKIS,

OU

LES VOYAGES

EXTRAORDINAIRES

D'UN EGYPTIEN.

QUATRIE'ME PARTIE.

E confiderois le jeune homme avec une fecrete fatisfaction qui répandoit dans mon cœur une douce joie, malgré la faim qui me dévoroit de plus en plus, lorfque je m'entendis appeller par mon nom ; je tournai précipitamment la tête vers

A ij

l'endroit d'où partoit cette voix;
elle étoit de *Sinouïs*, je n'en pou-
vois¹ pas douter ; mes yeux
avides & curieux le cherchent
de tous les cotez , mais en vain ;
je ne le vois point ; je crus que
la force de mon imagination
avoit surpris les organes de
l'ouïe, & que je m'étois trompé.
Souvent il arrive que le cerveau
ému par des causes interressan-
tes & des sujets dont il est rempli , jette un tel désordre dans
les fonctions des fibres qui en
dépendent , que ces révolutions
qu'il occasionne , agitent l'ame
au point qu'elle reçoit pour réel-
les les images & les sons que le
dérangement de la machine lui
présente : alors elle erre dans
toutes ses opérations , & vague
dans la foule de ses idées , elle
n'en peut tirer aucune solide so-
lution.

Je commençois à me persua-
der que je me trouvois dans ce
cas, lorsqu'un soupir profond
& des mots entrecoupés de san-
glots, me firent connoître que
je n'étois pas frappé par une il-
lusion, & que ces plaintes partoient réellement du compa-
gnon de mes disgraces. Je le
cherchai vainement une seconde fois, j'entendois toujours, les
sons qui frappoient mes oreilles,
n'étoient pas éloignés, & je ne
pûs en trouver le principe. Mon
inquiétude me fit tourner les
yeux sur le jeune homme enfer-
mé dans la balustrade; la manière dont ses regards étoient attachés sur les miens, me le fit
fixer avec une attention nouvelle; il me regardoit avec douceur, & il me sembla que sa
main & l'un de ses doigts tendu,
m'invitoient à voir quelque cho-

fe ; je fuivis la ligne que fes fi-
gnes m'indiquoient , & ayant
jetté les yeux à terre, je vis bien-
tôt un trifte hibou , qui fe fou-
tenoit autant de fes aîles que de
fes pattes chancelantes ; fon air
fembloit fombre & lugubre, &
portoit avec lui l'accablement.
Sans en pouvoir démêler la raifon , je me fentis émû à cet af-
pect , mes larmes fortirent de
mes paupiéres , troublerent ma
vûe , & la remplirent d'obfcuri-
té ; je reconnus alors d'où la
voix & les foupirs procédoient.
O ciel! m'écriai-je, que fignifie
cette affreufe métamorphofe ?
grands Dieux! qu'annonce-t'elle?
Une félicité prochaine, s'écria le
jeune homme, avec un accent
de voix, qui porta le calme dans
mon ame troublée. Effuie tes
pleurs , ô *Lamekis*, viens te mettre à ma table, tu t'es rendu di-

gn... par ta persévérance & par ton éloignement pour les plaisirs, des véritables biens dont le divin *Schalgalis* comble les hommes véritablement vertueux.

A peine ces paroles furent-elles proférées, que mon cœur tressaillit, ma vûe redevint claire, mes jambes reprirent leurs forces, & je m'avançai vers la baluftrade avec une forte d'affurance que je n'avois pas eue jufqu'alors; je reconnus dans le jeune homme, le même que nous l'avions rencontré en entrant dans le Palais; c'étoit *Dehahal* ce grand Philofophe dont il nous avoit été parlé. Deux Sylphes que la foibleffe de mes regards, ou que des caufes fecretes m'avoient empêché de voir en entrant dans cet appartement myftérieux, & que je reconnus pour les mêmes qui nous

avoient enleves *Sinouis* & ●●i ;
gardoient l'entrée de la baluſtrade ; l'un ſembloit avoir la gaïeté
peinte ſur la phiſionomie, & le
ſecond la tête baiſſée, la triſteſſe
marquée dans les yeux, ne quit-
toit pas de vûe le malheureux
hibou dont je viens de parler.

Lorſque je fus à la porte de
la baluſtrade, le Sylphe dont
l'air étoit content, l'ouvrit & me
fit ſigne d'y entrer ; ſes regards
paroiſſoient me féliciter, & me
voir paſſer d'un air ſatisfait ; *De-*
habal appuya ſa main ſur le front,
lorſque je lui eus fait un ſalut reſ-
pectueux, ſigne que je crus être
une ſorte de remerciment : bois
& mange, me dit le jeune Phi-
loſophe, tu trouveras plus de
douceur dans la ſobriété de ce
repas, que tu n'en aurois trouvé
dans l'abondance des mets exquis qui t'ont été offerts. J'obéis,

le befoin extrême que j'en avois,
furmonta ma timidité & ma fur-
prife; je ne mangeai que du pain,
je ne bûs que de l'eau ; cependant de ma vie, je n'ai fait un repas plus exquis ; la vertu en faifoit le ragoût, & la paix du cœur
la volupté : il n'eft point de plaifirs qu'on puiffe égaler à ces deux
avantages. *Dehahal* fembloit me
regarder avec plaifir, & fourioit
de tems en tems : ô *Lamekis*, me
dit-il, me voyant raffafié, ne te
refte-t'il plus rien à defirer ?

A peine le Philofophe eut-il
proféré ces mots, que le trou-
ble s'éleva dans mon ame, &
fit ceffer ma tranquilité prefen-
te : l'image de *Clemelis* fe repré-
fenta alors avec force à mon
imagination ; la perte récente de
Sinouïs & fa métamorphofe, dont
je n'avois pas lieu de douter,
acheverent de me faire fentir

de combien de fortes de mal-
heurs j'étois accablé : Seigneur,
m'écriai-je en me proſternant à
ſes pieds , devez-vous douter de
la ſituation de mon ame ? ne pé-
nétrez-vous pas dans le fond de
mon cœur , & pourriez - vous
penſer que je puiſſe être heureux dans la ſituation où je
me trouve ? *Lamekis , Lamekis* , s'écria le jeune homme
en frappant des mains, que vous
êtes encore éloigné de la perfection !

La maniere dont ces mots
furent proférés & le regard per-
çant qui les accompagna , me
rendit d'une honte extrême, mes
yeux timidement baiſſés n'o-
ſoient plus ſe porter ſur le Phi-
loſophe , j'attendois avec crainte ce qui devoit ſortir de ſa bouche reſpectable, je deſirois de
de l'entendre , & cependant je

craignois qu'il ne rompît le silence: Levez-vous, *Lamekis*, me dit enfin *Dehahal*, & m'écoutez avec toute l'attention dont vous pouvez être capable.

Vous touchez au moment heureux, où l'ame dégagée (*a*)

(*a*) Les Sylphes ne doutent pas que l'ame ne soit immortelle ; mais ils ne sont pas de l'opinion qu'à la sortie de son corps, elle aille dès ce moment dans les lieux heureux ou malheureux que ses œuvres ont mérités ; ils sont persuadés que la substance, (c'est ainsi qu'ils appellent l'ame) se porte dans le corps des mortels, qui habitent les planetes heureuses ou malheureuses, & qu'elles y restent jusqu'à ce que le monde soit anéanti, & que l'être universel qu'ils nomment *Noc-kha-dor*, les ait recueillis dans le grand ciel où sont cotés des corps fabriqué par sa main, réservés à chaque substance, & dont la beauté ou la laideur doivent les rendre fortunés ou malheureux.

Quand on apprend aux enfans les élemens de leur Secte, & qu'on leur demande que fait *Noc-kha-dor*, voici la réponse qu'ils font : Il broye les corps de nos peres, & nous en fabrique de neufs,

de fes foibleffes & de fes vains
defirs, goûte avec volupté l'a-
vantage précieux de n'en être
plus obfédée. Jufqu'ici je n'ai
pû vous fixer la conduite que
vous deviez tenir, ni vous aider
d'avis falutaires ; mais aujour-
d'hui (*a*) ces empêchemens cef-
fent, l'épreuve dangereux des
douze tables (*b*) dont vous êtes

pour nous en revêtir, felon que nous aurons ou bien, ou mal obfervé fes loix.

(*a*) *Dehahal* avoit la prérogative de
porter au bien les hommes que le hazard
jettoit dans l'Ifle des Sylphides ; mais il
n'avoit pas celle de les préferver du mal ,
ni des embûches que la malignité des
efprits noirs leur dreffoient perpétuelle-
ment , pour avoir droit de s'emparer de
leur fubftance ; mais lorfque par le libre arbitre , un mortel avoit refifté à tous
les attraits du vice ; alors le Philofophe
pouvoit s'apparoître & achever de les
conduire au port de la félicité.

(*b*) *Sehalyalis* permettoit au Sylphe
noir de s'apparoître aux hommes fous les
formes les plus avantageufes pour les porter au mal ; l'épreuve des douze tables ,

forti glorieufement , m'en laiffe
le maître,& vous ouvre ma con-
fiance & mon amitié; la premiè-
re marque que je puis vous en
donner, eft celle de vous tracer
une idée fuperficielle de la très-
refpectable Ifle des Sylphides;
avant que d'y être aggrégé, il
eft d'une conféquence extrême,
que vous en fçachiez les loix
& les ufages, après avoir appris
ce qu'il en coûte pour y être
admis:vous étudierez le fond de
votre cœur, & vous vous déci-
derez fur le choix important,
ou d'y refter ,. ou de retourner
fur la terre dont vous fortez ;
car ne vous trompez pas, ô *La-*
mekis, les traverfes, les maux

étoit une des plus dangereufes à effuyer;
lorfqu'on étoit affez heureux d'en for-
tir, fans avoir fuccombé aux amorces
qui vous y étoient préparées, vous aviez
acquis le privilége de prétendre à l'initiation.

que vous avez essuyés jusqu'ici,
ne font rien en comparaifon de
l'inftant que vous fouffrirez pour
cette initiation; (*a*) je vous le
dis encore, il vaudroit mieux
pour vous que vous rentraffiez
dans le néant dont vous avez été
tiré, & que vous rampaffiez
comme un reptible fur la terre,
que de vous hazarder à vous
préfenter à la derniere épreuve, (*b*) fi vous n'êtes pas parfaite-

(*a*) Par ce mot, l'on entend la grande
cérémonie du dépouillement, elle confif-
toit à être écorché tout vif. Voyez la page
44 feconde Partie.

(*b*) Celle d'être écorché: lorfqu'on étoit
entré dans le lieu où fe devoit faire cette
barbare exécution, l'on vous annonçoit
que ce dépouillement, quelque cruel qu'il
fût, fignifioit l'abandon général de toutes
les chofes aufquelles l'on étoit le plus at-
taché. Lorfque le Profélite avoit affuré
qu'il les facrifioit toutes à la gloire de
Se algalis, (paroles du Formulaire) ces
Sylphes exécuteurs fe retiroient pour vous
laiffer préparer à la cérémonie. Pendant
cet intervalle, les efprits noirs à qui ce

ment affuré que vous n'en for-
tirez glorieufement ; il n'y a pas
de milieu dans cette occafion ;
c'eft voler à la félicité, ou def-
cendre dans les horreurs d'une
infortune éternelle.

Commençons, ô mortel pri-
vilégié ; mais avant que d'entrer dans un détail dont la force eft capable de tranfporter les
tems étoit accordé pour faire leurs derniers efforts, dans la vûe de vous faire
fuccomber à leurs tentations, s'apparoif-
foient fous les formes les plus agréables,
& qui devoient vous être les plus chéres,
dans l'efpérance de réveiller vos defirs ; fi
on étoit alors affez malheureux pour fe
laiffer aller à la féduction, les Sylphes exécuteurs rentroient, vous écorchoient tout
vif ; mais au lieu que ce fupplice fût le
dernier pas pour arriver à la félicité, il
conduifoit à la perte Après l'exécution,
un Sylphe, vous tranfportoit fur la terre,
où pour punition de votre peu de perfé-
vérance dans le bien, vous étiez tour-
menté pendant un an du defefpoir d'a-
voir échappé le fouverain bien qui vous
étoit promis, & auquel vous aviez eu
droit d'afpirer.

montagnes (*a*) & de faire re-
monter les fleuves vers leurs
sources ; il faut que tout esprit
profane s'éloigne , (*b*) que le
vice s'envole , & que pour premier châtiment de ses foibles-
ses , il descende jusqu'à nouvel
ordre dans les sombres manoirs
(*c*) où croupissent ces esprits

(*a*) Les Sylphes prétendent qu'il y a
tant d'énergie & de force dans la manière
dont est écrite leur histoire, qu'il n'y a
pas un passage qui ne puisse transporter les
montagnes, dessécher les mers, &c. J'ai
cru devoir retrancher toutes les préroga-
tives qu'ils attachent à ce détail, lesquelles sont fort au long déduites dans mon
original ; l'on est aujourd'hui si peu in-
dulgent, que l'on ne sçauroit être trop
réservé : le pompeux galimatias de faux
sentimens régnent & sont de mode ; il
s'y faut conformer.

(*b*) *Dehahal* apostrophoit l'esprit noir
& le hibou ; les suites expliqueront mieux
ce passage.

(*c*) Ces Sylphes sont du sentiment
que hors de leur Isle, il n'y a point de
félicité, & que le séjour sur la terre & sur
les planettes, est le véritable enfer où se-

noirs ,

noirs. Après ces mots proférez, *Debabal* frappa fept fois des mains ; (*a*) un cri lugubre & affreux fuccéda, le Sylphe mélancolique de la baluftrade quitta cette place, & courut après le malheureux hibou, qui voltigeoit vainement pour lui échapper ; l'efprit noir le faifit par une aîle, & bien-tôt l'un & l'autre difparurent.

Les larmes me vinrent aux yeux, après ce qui venoit de fe paffer ; je les jettai triftement fur le Philofophe, & j'étois prêt à lui demander grace pour l'oifeau malheureux ; mais un figne impofant me retint. Il ne me fut pas cependant difficile de

ront précipités ceux qui tranfgrefferont la loi.

(*a*) Qu'un Sylphe fût dans fon Ifle ou dans tout autre endroit, il avoit le droit de fe faire obéir par tout, en frappant fept fois des mains.

IV. Part.   **B**

démêler que *Dehahal* avoit souffert de l'ordre qu'il venoit de
donner ; la tristesse qui s'étoit
répandue dans cet instant sur son
visage, & le soupir qui lui étoit
échappé, ne me laissérent pas lieu
de douter que si son état de perfection l'avoit dépouillé de tous
égards humains, il s'étoit réservé les sentimens de la compas-
sion & de la sensibilité ; mais ce
nuage ne dura qu'un instant :
tout à coup il s'éclipsa, & d'un
front serein & tranquille, il me
parla en ces termes :

Je suis le premier des Philoso-
phes, (*a*) ô *Lamekis*, qui ait osé

_____

(*a*) C'est une vanité insupportable de
Dehahal, & ce discours prouve assez
que dans quelque état de perfection où
l'homme soit arrivé, il a toujours quelques lambeaux de ses premières foibles-
ses, puisqu'il me seroit aisé de faire connoître par le propre fond de l'Histoire,
que *Dehahal* ne fut pas le premier, com-

concevoir le deffein hardi de découvrir l'Ifle des Sylphides où nous fommes actuellement. Ifle tant vantée, (*a*) objet de

me il le dit, qui fut tranfporté dans cette Ifle myftérieufe, un paffage de leur tradition écrite, nous apprenant qu'un certain *Cjekaliel* Phénicien, y avoit été tranfporté par une Sylphe femelle qui en étoit devenue amoureufe, & en eut des enfans qui formerent la troifiéme efpece d'habitans dont on parlera ailleurs.

(*a*) Je conviens avec l'Auteur de l'original, que l'Ifle des Sylphides a été regardée de tout tems comme le féjour des Intelligences, & d'où procédoient toutes fciences furnaturelles; j'accorde encore qu'elle eft placée à foixante & dix lieues ou ftades du phafe de la nu t. Je fçai qu'il eft conftaté que le nuage qui fuit la lune, eft la bafe de cette Ifle myftérieufe, l'on n'en doit pas même douter. Perfonne n'ignore que le fieur *Fagelle*, ci-devant Miniftre Calvinifte, mort depuis peu, n'ait fait ce voyage par une avanture extraordinaire, qui fera décrite dans un autre lieu : je conviens, dis-je, de toutes ces chofes; mais je ne puis être du fentiment que cette Ifle foit habitée & gouvernée avec l'ordre dont il eft fait mention. Si je puis parvenir à m'en éclaircir par moi-même,

B ij

la profonde & plus abftraite
étude , & dépeinte par l'imagination des Sçavans fous tant de
fixions différentes: A l'âge où
l'on ne s'occupe le plus fouvent
que des plaifirs : j'avois déja
paffé les connoiffances ordinaires de la nature , & guidé par
un pere habile & profond , j'a-
vançois à grands pas dans les
routes épineufes que fon expérience & fon fçavoir m'avoient
tracées; les phénoménes les plus
finguliers & les plus difficiles à
expliquer, n'avoient plus pour
moi que des voiles legers dont
je les dépouillois aifément : les
aftres vifibles comme ceux que
leur diftance prodigieufe laiffe

je joindrai un fupplément à cet ouvrage*
à mon retour de cette Ifle ; & afin que
les Sçavans n'ayent rien à defirer , je me
munira des preuves les p'us convaincan-
tes, pour établir des faits d'une auffi
grande conféquence.

à peine entrevoir, (*a*) étoient fuivis pas à pas dans leur cours par
mon œil éclairé, & leurs révolu-
tions prévues avant qu'elles arri-
vaffent : mon fçavoir s'accroif-
foit enfin, & s'élevoit à de tels
degrez que mon efprit commençoit à devenir moins habitant
de mon corps que des cieux.

Mais l'homme fini peut-il
concevoir l'indéfini ? Plus j'a-
vançois dans cette carriere toute
divine, & plus je gémiffois de
ramper fur la terre. Un jour que
je déplorois triftement d'être en-
veloppé d'un corps dont la matérialité s'oppofoit à la legéreté
de ma conception & à l'étendue de mes idées, je vis d'a-
bord de la mer où j'étois affis &

(*a*) Il eft à préfumer que *Dehahal*
parle ici des étoiles. M. Caffendi en fait
un dénombrement très-exact auquel le
Lecteur peut recourir pour lui fervir à
bien déchiffrer ce paffage.

où je rêvois profondément, une
Ifle flottante, (a) qui mûe comme un tourbillon, décrivoit fpiralement de grands cercles: je
la vis agitée pendant plus de
quatre heures, & former fur la
furface de la mer différentes
lignes portées tantôt à l'Orient
& tantôt au Septentrion. Je cou-
rus fur une hauteur voifine, pour
mieux examiner ces différentes
mutations ; le Soleil étoit au
plus haut de fa courfe, nul vent
ne troubloit l'air, & les ondes
tranquilles ne pouvoient être la
caufe de l'agitation de cette Ifle
flottante : ce fut envain que j'en
cherchai le principe , aucune

(a) Il eft conftant que M. Tavernier
nous rapporte que dans la Mer Occéa-
ne il avoit abordé à une Ifle qui voguoit
à quelques milles de fon vaiffeau, & il
nous apprend qu'elle étoit habitée par des
Negres d'une ftructure différente de celle
des autres hommes.

idée de physique ne put me fournir de notion qui me satiffiffe. J'étois enseveli dans les profondes réflexions qu'un tel sujet devoit naturellement occasionner, lorfqu'un mouvement violent ayant agité l'Ifle, la fit tourner comme une pirouette, & bien-tôt après un banc de terre couvert de coquillages & de plufieurs œufs (a) de Roc, fe détacha & s'éleva infenfiblement dans les airs. La maniere dont il y monta étoit lente & pefante, mes yeux fixement attachés fur cette maffe terreftre, la fuivoient avec

_____

(a) Le Roc eft un oifeau d'une grandeur extraordinaire, qui fe trouve vers le Pole Antartique ; il eft d'une fi prodigieufe force, qu'il enléve les bœufs dans les campagnes ; cependant ces animaux dans ce païs, fent auffi gros que les éléphans : on doit juger par cette idée de la groffeur dont doivent être les œufs dont il eft queftion.

attention ; les rayons du Soleil qui dardoient sur la superficie, sembloient arrêtés à une espece de gomme qui philtroit à travers les coquilles entr'ouvertes ; (*a*) il me parut même que

(*a*) Il est constant que le Soleil fait l'effet dont il est parlé dans ce passage : s'il arrivoit qu'un Lecteur nous soupçonnât de lui en imposer, il lui est aisé de le vérifier en prenant la poste & en se rendant au premier port de Mer, où il aura le plaisir au lever du pere de la lumiere, de voir de quelle façon se fait l'attraction dont il est parlé. A peine ses premiers rayons dardent-ils sur le rivage, que les huitres qui s'étoient entr'ouvertes pendant la fraîcheur de la nuit, se referment dans la crainte que la chaleur ne les dessêche ; mais comme parmi ces habitans du coquillage, (comme chez les hommes) il s'en trouve de paresseux, le Soleil profite bien-tôt de leur négligence, se glisse entre leurs écailles, lorsqu'elles ne sont pas exactement fermées, & les enleve avec rapidité, cause pour laquelle on trouve tant d'huitres creuses sur le bord de la mer Le vulgaire qui n'est point au fait des mystéres de la nature, & qui prend tout au pied de la lettre, a toujours cru jusques

ses

ſes rayons ardens tranſperçoient
en pluſieurs endroits les pores
de cette terre graſſe & maréca-
geuſe, & qu'ils aſpiroient, pour
ainſi dire, l'humeur & les radi-
caux qui y étoient concentrés.
Je meſuiois, ſi j'oſe me ſervir
de cette expreſſion, l'étendue
& la force de ſes rayons, qui
ſembloient autant de lignes attachées à cette maſſe, lorſqu'un
phénomene nouveau me ſur-
prit, & fit naître mon admiration. Trois de ces œufs de rocs,
que leur péſanteur avoit en-
terrés à demi & ſur chacun deſ-
quels un rayon tomboit perpen-
diculairement, partirent tout

aujourd'hui que le Soleil aimoit les huî-
tres, & qu'avant de commencer ſa carriere, il déjeûnoit de ce ragoût. J'ai crû
que ſans manquer au reſpect qu'on doit
aux ſecrets philoſophiques, il m'étoit
permis d'expliquer ce paſſage, afin
qu'on ne ſoit pas plus long-tems la dupe
de ſon ignorance.

IV. Part. C

d'un coup de leurs places & furent portés dans le Ciel avec autant de vîtesse, qu'une fléche dé-
cochée par un bras vigoureux.

Je prêtois une attention exacte à toutes ces chofes, lorfque
je m'apperçus que le banc dé-
clinoit, & redefcendoit peu à
peu vers la mer ; je revins cependant bien-tôt de l'étonne-
ment dans lequel ce change-
ment de mouvement m'avoit
jetté, lorfque je vis entre le Soleil & cette maffe de terre, un
nuage leger (*a*) qui ôtoit aux

(*a*) Ce prodige eft arrivé en l'an du
monde 2400. de l'Ere Egyptienne. Voici
de quelle maniere Ariftote le rapporte
dans un fupplément qu'il avoit fait pour
joindre à fa Dioptrique, qu'il oublia
dans fa poche le jour fatal qu'il fe pré-
cipita dans l'Euripe. Ses Contemporains
affurent que cet Ecrit étoit un morceau
achevé ; il ne nous en refte que ce frag-
ment, que je donne ici au Public, dont le
Medecin du Grand Mogol m'a envoyé
une copie il y a quelques années.

rayons du soleil la force de leur

Il y avoit trois jours entiers que le Soleil n'avoit paru sur notre Hémisphere, lorsque le quatre du mois d'Oklouk, à la deuxiéme heure du jour, il se fit voir avec tout l'éclat qui l'environne. Le peuple qui soupiroit après son retour, n'étant pas accoutumé à le perdre si long-tems, courut dans les campagnes pour jouir plus en repos de son aimable présence. Mais quelle fut la surprise de tout le monde, lorsqu'on vit s'élever dans les cieux un corps brillant, sur lequel sembloient réunis tous les rayons du Pere de la lumiere ! Les Ministres du Temple de Jupiter étonnés de ce phénomene, inviterent le peuple à recouïr à sa misericorde, & publierent que la Comette qui paroissoit dans les airs, étoit un puissant ennemi qui s'élevoit pour le renverser de son thrône brillant. Ce peuple intimidé se prosterne au pied des autels, jette des cris affreux, & s'attend à chaque instant que l'univers va s'écrouler. Cependant ce corps étranger alloit tantôt en avant, & tantôt en rétrogradant; quelquefois les rayons s'éclipsoient entierement, faisoient ombre sur la terre, & puis reparoissoient selon leur cours ordinaire. Cette espece de combat dura pendant plus de trois heures, durant lesquelles on trembloit qu'à chaque instant le Soleil ne succom-

C ij

attraction, mais qui n'étoit pas
assez opaque pour empêcher

bât par la rapidité dont tout à coup ce
phénomene tira à lui ; cependant lorsqu'on s'y attendoit le moins la Comette
s'évanouit & disparut.

Les Prêtres d'Apollon profiterent de
cet effet naturel pour se faire valoir au
peuple , & lui annoncerent qu'il devoit à
leurs prieres le secours important que
Jupiter venoit de donner à Phebus , tout
le monde le crut & courut au Temple en
rendre les actions de grace. Pour moi ,
peu complaisant pour les erreurs vulgaires , & qui avois examiné les choses de
près , je me figurai que ce phénoméne
étoit un corps étranger que l'ardeur du
soleil avoit attiré , & que sa chaleur avoit dissout lorsqu'il s'en étoit approché
de trop près.

Voilà ce que rapporte Aristote à ce
sujet ; j'ai crû devoir le citer dans une
occasion aussi essentielle , & qui prouve
avec tant de netteté le passage dont il est
question. D'ailleurs il nous éclaire sur la
chronologie du tems où vivoit *Lamekis* ;
avantage important qui ne doit jamais
être négligé , & c'est à quoi je m'attacherai toujours dans le cours de mes
productions. Cela coute ; mais peut-on
trop faire pour le Public ?

que les rayons ne le tranfper-
çaffent, ce qui conferva fans
doute la fufpenfion de ce corps,
& fut caufe qu'il ne fut pas précipité.

Cependant le nuage qui oc-
cafionnoit cette déclinaifon s'é-
tant diffipé, la maffe de terre
remonta peu à peu, & lorfqu'-
elle fut à un certain dégré d'é-
lévation, fon mouvement devint plus rapide, & la grandeur
dont elle me paroiffoit diminua
vifiblement, & me parut bien-
tôt changer en un corps très-pe-
tit ; je ne le pérdis point de vûe
qu'il ne fût entierement difparu.

Ce qui venoit de fe paffer, me
jetta dans les réflexions les plus
profondes ; l'attraction de ce
corps me fit tirer des conféquen-
ces phyfiques qui m'éclaire-
rent fur bien des faits importans
qui m'avoient jufques-là fort

embarraſſés. Je conçus que les
grands corps de l'Univers, comme la Lune , la Terre , & les
Planettes, recevoient leurs mouvemens du mobile enflâmé du
Ciel, & me perſuadai que mobile ou non , leurs mouvemens
plus ou moins grands dérivoient
de la force & de la diſtance de
de ſes rayons. Ce problême me
conduiſit à un autre , qui me
prouva avec plus de ſécurité, que
les vapeurs aſpirées de la Terre
par le Soleil , devoient y être
portées, & ſe coaguler pour ainſi
dire par les degrez de chaleur,
& que devenant corps alors &
n'étant plus ſoûtenu par les hu-
meurs oléeuſes dont il a été formé, il perdoit l'équilibre de ſuſ-
penſion, & ſe précipitoit ſur celui
qui lui étoit inférieur , ce qui
occaſionnoit les écroulemens
terribles dont on eſt ſi frappé,

lorſqu'on en ignore la cauſe : je remarquai encore que les raïons ne trouvant plus dans ces maſ-ſes coagulées de pores dans leſ-quels ils puſſent ſe communi-quer, faiſoient gliſſer leurs lu-mieres, & donnoient à ces pores un éclat impoſteur.

Le fruit que je tirai de ces obſervations, & les progrès où elles me conduiſirent, me firent naître avec plus d'ardeur que jamais le déſir impatient d'aſſu-rer la théorie par la pratique. Il y avoit long-tems que j'aſpi-rois à lier commerce avec ces Intelligences qui habitent dans l'Eterée; quand les doctesEcrits de nos anciens Philoſophes ne m'euſſent pas enſeigné qu'il en exiſtoit réellement, je n'aurois eu aucun lieu de douter, que tout ayant vie (*a*) dans l'Univers,

(*a*) La Philoſophie Sylphienne enſei-

C iiij

les Cieux, l'une de ses plus grandes parties, ne produisissent des créatures qui cooperassent de

gne que tous les atômes qui forment le corps de l'univers, sont des animaux de differentes configurations qui se procréent & qui se conservent, selon l'instinct de ceux qui nous sont visibles. Ils posent cet axiome pour principe de la durée du mouvement de la nature, établissant leurs régénerations comme un point incontestable qui supplée à la mortalité de l'espece, qui se transmuant en d'autres volatiles, pour servir de nourriture à ses semblables, conservent par leur vie ce mouvement necessaire, qui fait jouer toutes les parties de l'univers.

De cette Physique reçûe parmi les Sylphes, ils remontent à la connoissance du Créateur, & disent que rien ne prouve tant sa puissance, que la varieté qui se trouve, suivant leur systême, dans tous les atômes animés ; & la comparant ensuite avec l'uniformité qui se trouve dans l'espece humaine, ils s'en servent de moyens pour prouver que de tous les animaux l'homme est le seul prédestiné pour la gloire, & que son ame est suffisamment établie immortelle par cette préference insigne.

Voilà les deux points sur lesquels roule la Philosophie de l'Isle des Sylphides.

leur legereté & de leur denfité ;
je me figurois avec une raifon
éclairée, que les corps maté-
riels & fluides renfermant dans
leur fein des animaux, l'air & la
matiére devoient les procréer &
contenir des volatiles de fub-
ftances au deffus de tous les animaux connus. La lecture d'un
Manufcrit précieux qu'un Philofophe immortel avoit donné
à mon pere, me prouvoit que
bien des fages s'étoient diftin-
gués par-deffus tous les autres,
par la prérogative précieufe d'un
commerce réel avec les Intelligences : avantage fi fuprême,
qu'ils avoient été conduits jufqu'au dernier dègré des connoiffances furnaturelles.

Quand même je n'aurois pas
eu des indications auffi certaines, j'aurois trouvé en moi des
préjugez & des notions de ce

que je n'aurois alors que foup-
çonné, par les contraftes perpé-
tuels qui fe trouvent dans la façon de penfer des hommes, &
par cette volonté mûe, tantôt
pour le oui, tantôt pour le non,
qu'un foufle inconnu femble en-
fanter & foûtenir, ce que le vulgaire des hommes appelle é-
gards ou réflexions, qui de deux
chofes à faire, font pancher tantôt pour l'une & tantôt pour
l'autre, quelquefois avec une
telle indécifion, qu'il femble que
ces volontez font fi diftinctes
qu'elles forment deux fubftan-
ces abfolument divifées & dont
la contrarieté ne cede qu'à un
Etre majeur qui décide & meut
enfin le corps ou l'efprit de celui qui eft agité de ces com-
bats. Ces noms, dis-je, que notre
ignorance donne aux révolu-
tions de notre ame, me fem-

bloient obscurs & ne pas signi-
fier ce que je pensois sur cet
article : je trouvois bien plus
court & bien plus naturel de
croire que ces esprits créés dans
l'orbe de l'Univers, étoient les
auteurs de ces contrarietez, aus-
quelles nous sommes si souvent
en proye, & que selon leur bonne ou mauvaise essence, nous
étions plus ou moins malheureux : je concevois encore que
l'ame, comme un Juge souverain, maîtresse absolue, se li-
vroit à la bonne ou à la mauvaise Intelligence, & qu'alors
en étant entierement obsédée,
elle suivoit aveuglément le guide qu'elle s'étoit donné.

Je passai plusieurs années à la
spéculation de ces choses, &
peu de jours s'écouloient, que je
ne cherchasse à me convaincre
de la solidité de ces réflexions.

J'allois souvent dans les lieux
qui m'avoient donné des notions si certaines de l'élévation
des corps vers le Ciel ; là je tra-
vaillois avec assiduité à trouver
des moyens qui pussent me pro-
curer l'avantage précieux de me
promener dans les airs : j'y aurois travaillé vainement, l'esprit
est trop obsédé par le corps,
pour que ces opérations soient
claires & distinctes : le hazard
produisit ce que tant d'étude
n'avoit pû faire.

Une nuit que j'étois monté
sur une des plus hautes montagnes de la Phénicie, je m'échau-
fai si cruellement la tête à rêver
à ce projet, que je vins à brûler
de la soif la plus ardente : quelque séverité que j'eusse pour les
besoins de ce corps que je mé-
prise, je me trouvai si pressé de
celui-ci, que je fus chercher avec

foin une fource où je pûs me défaltérer. J'errai vainement fur la montagne pendant deux ou trois heures;plus je me donnois de foins pour y parvenir, & plus j'augmentois ma cruelle altéra-ration. Dans cette affreufe extrémité,je ne trouvai point d'autre expédient que celui de recourir à une rofée abondante, qui par l'humidité de la nuit qui commençoit,montoit à la pointe de l'herbe d'un gazon fur lequel je m'étois couché. J'en récueillis avec la main le plus qu'il me fut poffible, mais ma tête brûlante confervant une chaleur qui l'accabloit, me fit imaginer d'étendre un mouchoir fur l'herbe fraîche. Il fe remplit bientôt de cette rofée abondante, je m'en fervis de bandeau, & je m'en trouvai fi foulagé que quelques inftans après un fommeil doux & paifible s'empara de mes paupieres.

Un fonge flatteur & myftérieux voltigea fur mes fens prévenus, il me fembloit que je quittois la terre, & que j'etois porté dans un climat plus brillant que le Soleil ; un Palais fuperbe bâti de pierres tranfparentes s'offrit à mes yeux, un peuple fourmillant d'une efpece finguliere & qui m'étoit inconnue, marchoit fur les nuages, tandis que d'autres qui avoient des aîles fe promenoient dans les Cieux. Je m'avançai d'un pas lent mais témeraire vers ces hommes prodigieux. Lorfque je fus à une certaine diftance d'eux, je voulus leur parler ; mais à peine eusje été entendu, qu'ils fe mirent à fuir & à jetter des cris horribles. Les fonges ont cela de propre qu'ils changent fouvent le cara-

ctére & la façon de penſer. Tel
qui a le cœur lâche, oſe affron-
ter en dormant un péril dont à
ſon réveil le ſouvenir le glace
de frayeur ; & tels que rien n'in-
timide, tremblent les yeux fer-
més d'une occaſion qu'ils mé-
priſeroient étant éveillés. Je me
trouvai alors dans ce cas, moi
qui aſpirois depuis ſi long-tems
après le bonheur de connoître
des Intelligences, je fus éffraïé
de la ſeule illuſion qui me les
repréſentoit. A peine avois-je
été à la porté de les conſiderer,
que leur aſpect me fit à mon
tour fuïr de fraïeur , cette lâcheté me les attira ſur le corps.
L'un de ces monſtres que je traï-
tai de tel dans mon imagination
me ſaiſit d'une main puiſſante à
travers le corps, & me préci-
pita du Ciel ſur la Terre. Ma
chûte fut ſi douloureuſe, & fit

une si forte impression sur mon sommeil , que je me réveillai en sursaut en jettant un grand cri.

Le Soleil dardoit alors à plomb sur la montagne où j'étois , & tout ébloui de ses rayons je ne démêlai pas sur le champ; ayant à peine les yeux entr'ouverts , un évenement assez singulier qui se passoit dans l'air , & auquel sans y penser j'avois donné lieu. L'agitation du rêve que j'avois fait en dormant , fut cause sans doute que le mouchoir imbibé de rosée dont je m'étois ceint le front se détacha & tomba par terre , le voyant tout à coup en l'air , je me figurai que le vent l'emportoit ; je me levai précipitamment pour l'attraper , mais il étoit déja hors de la portée de ma main , & s'élevoit insensiblement ; mais

ce

ce qui me furprit, c'eft qu'il ne faifoit pas un foufle de vent : cette connoiffance me fit juger que les rayons du Soleil faifoient cette attraction, & la vîteffe dont il difparut me fit comprendre que le foupçon que j'en avois étoit bien fondé.

Convaincu par cette feconde épreuve que la chaleur ayant une telle force d'attraction, l'air fon principe pouvoit auffi attirer les corps de la terre, je conçus fur le champ le défir d'en faire une expérience plus marquée. De retour à ma campagne, je fis un amas confidérable de rofée, & m'en trouvant une quantité fuffifante pour effectuer le projet que j'avois formé, je remplis de cette eau un nombre confidérable de veffies, & neuf jours avant que de tenter l'entreprife la plus nouvelle &

D

la plus hardie, je ne donnai à
la nature que ce qui lui étoit abfolument néceſſaire pour ne pas
la laiſſer fuccomber, en com-
penſant la médiocrité de la nourriture par la ſurabondance de la
boiſſon, perſuadé que cette eau
de roſée s'inſinuant dans toutes
les parties poreuſes de mon
corps, aideroit au ſuccès de
l'exécution conçue ; & pour que
rien n'y fît obſtacle, & qu'au
contraire tout y contribuât, je
me fis faire un habit d'une toile
legere mais cotonneuſe, que je
laiſſai tremper pendant tout le
temps de mon jeûne dans cette
eau ſympathique de roſée, que
je regardois comme le principe
de la réuſſite de mon entrepriſe.

Enfin un jour où le Soleil devoit entrer dans ſon dernier dégré de chaleur, je me tranſpor-
tai avec tous mes préparatifs ſur

la haute montagne où j'avois
eû le rêve myſtérieux dont j'ai
parlé, & où mon deſſein s'étoit
conçu. Deux cens veſſies attachées par des cordelettes à un
baudrier dont je m'étois ceint,
furent rangées en cercle autour
de moi, & deux aîles faites avec
art, attachées derriere le dos, &
que je pouvois mouvoir avec
les bras, paſſées par des atta-
ches ſemblables à celles dont
on porte un bouclier, avoient
été imaginées pour ſervir à me
ſoutenir dans les airs en cas que
quelque nuage s'interpoſât entre
le Soleil & moi. En un mot mes
précautions étoient priſes avec
tant de mécanique, qu'il paroiſſoit impoſſible que mon projet
n'eût l'exécution que je m'étois
propoſée.

J'attendois avec une impatience extrême que je fuſſe en-

levé de terre : une bouſſole exa-
ĉte & faite de ma main m'annonçoit que le Soleil alloit entrer dans l'équinoxe, lorſqu'un
brouillard épais qui ſe forma de
l'humidité de mes veſſies, me
fit juger que j'étois à la veille
de voir opérer mon épreuve.
Quatre de mes veſſies partirent
tout d'un coup de terre, & furent peu à peu ſuivies des autres;
le mouvement qui ſe fit alors,
donna une ſecouſſe à mon corps
mais ſa peſanteur s'oppoſoit encore à la pluralité de l'attraction.
Dans le déſir extrême que j'a-
vois de quitter la terre, je me
tenois ſur la pointe des pieds,
& ſemblable à un ſauteur habile
qui veut s'élever, je me donnai
des ſecouſſes pour me détacher
entierement de ma place : enfin
l'un de ces efforts me réuſſit,
au dernier que je fis mes pïeds

quitterent terre, mais mon corps
resta immobile & sans aucun
mouvement : je regrettai alors
de n'avoir pas fait provision d'un
plus grand nombre de vessies,
il me sembloit que quelques dégrez manquoient encore pour
l'équilibre de pésanteur ; mais
je me trompois, le Soleil n'é-
toit pas encore dans le dégré
de force nécessaire pour une as-
piration supérieure; j'en fus bien-
tôt convaincu ; le tirage devint
d'une seconde à l'autre si violent, que six de mes vessies comme un trait d'arbalête furent
emportées au plus haut des
Cieux, & casserent les ficelles
qui les retenoient. Mon habit
long-tems imbibé de la rosée
fumoit, & formant un nuage
épais autour de moi, m'empê-
cha de m'appercevoir que je
m'élevois avec une rapidité

étonnante, mon propre corps sembloit ouvert, & il n'y avoit pas un de ses pores qui ne se sentît piqué par le rayon, comme s'il avoit été touché d'un fer aigu & chaud : la force du pompement étoit si vive, que je fus obligé de fermer les yeux & la bouche, me semblant que toutes les parties de mon corps voulussent sortir par ces ouvertures; en un mot cette opération devint si violente, & il se fit un tel boulversement dans tous mes organes, que je tombai dans l'yvresse, & que je perdis entierement l'usage de mes sens.

Il est vraisemblable que j'errai pendant tout le jour dans le Ciel ; car lorsque je revins à moi, je ne vis plus le Soleil. Il est vrai qu'une multitude innombrable de corps semblables au sien s'offrit à mes regards ; de

quelque côté que je les tournaſ-
ſe ils avoient tous de l'éclat, mais
les uns éclairoient moins & les
autres davantage, & les rayons
qui partoient de ces aſtres, a-
voient une force bien inférieure
à celle que mes préjugés avoient
etablis pour le chef, & le plus
grand de tous les autres. La ſurpriſe où j'étois de me trouver
ſoutenu dans les airs ſans la force de cette attraction qui m'y
avoit élevé, ceſſa lorſque je remarquai que la pluralité des
rayons émanés de toutes ces Planettes ſe choquant & ſe croi-
ſant au-deſſous de moi, reſſem-
bloient à pluſieurs lames d'épée
dont les pointes s'engagent les
unes dans les autres, & qui ſe
ſoutenant mutuellement en forme de voûtes, ſont capables
malgré leurs foibleſſes de porter les corps les plus péſans.

J'eus d'autant plus lieu de me fi-
gurer cette étonnante vérité, que
les veſſies qui avoient ſervi à
me porter dans les airs, étoient
déſſechées par l'ardeur du Soleil, & qu'au lieu de m'attirer &
de me ſoutenir comme aupara-
vant, ſembloient me faire décli-
ner & baiſſer par leur péſanteur.
Je n'eus pas lieu même de douter
en examinant les choſes, avec
une ſérieuſe attention, que ſans
les rayons croiſés dont je viens
de parler qui me ſoutenoient,
j'aurois bientôt été précipité des
Cieux dans un abîme inconnu.

Lorſque j'eus lieu de croire
par cette obſervation que je ne
courois aucun riſque de ce côté, & que le poids de mon corps
étoit ſi peu de choſe, eû égard
à ſon élévation, que je reſſemblois à un petit vaiſſeau qui vo-
gue ſur une mer immenſe, l'expérience

périence, dis-je, ne m'eut pas plûtôt prouvé cette extraordinaire
vérité, que je crus devoir en faire usage, & me servir de ma
raison & de mes mouvemens,
afin de faire mes efforts pour aller en avant. Pour y parvenir,
je crûs qu'il étoit important de
me délivrer du poids incommode du nombre des vessies qui
tiroient en bas, & me servant
d'un couteau dont je m'étois
muni, je commençai à couper
les cordelettes auxquelles ces
vessies étoient attachées ; à me-
sure que j'en détachois une, elle
étoit enlevée comme un trait
d'arbalêtre, & je la voyois pous-
sée par de petits globes transpa-
rens, qui se succédant les uns
aux autres, la faisoient tourner
comme une pirouette en s'éloi-
gnant. Ce fut une vraie récréa-
tion pour moi que la maniere

IV. Part.   **E**

dont ces veſſies furent enlevées dans les airs , & les differentes routes qu'elles prirent lorſqu'elles furent détachées ; mais un amuſement qui penſa me coûter cher , par la raiſon qui va être expliquée.

A peine fus-je aux deux tiers de mon travail, que je me ſentis tourner malgré moi, & monter diagonnalement vers un grand corps quarré , qui rendoit une lumiere vive & blafarde. Il ne me fut pas difficile de concevoir par ce mouvement, que la péſanteur occaſionnée par les cordes & par les veſſies avoit ſervi d'une eſpece de contrepoids , & s'étoit oppoſée à la violence des petits corps qui faiſoient un tourbillon , & que je reſſemblois à un vaiſſeau que l'ancre empêche d'être entraîné par le courant; perſuadé par ce

raifonnement, je difcontinuai
mon travail, & ne pouvant plus
réfifter au mouvement du tourbillon qui me faifoit continuellement tourner en me pouffant
vers le corps quarré dont j'ai
fait mention, j'imaginai de me
fervir de mes aîles pour m'op-
pofer s'il fe pouvoit à cet état
trop incommode. A peine eus-
je étendu les bras que le tour-
noyement ceffa, mais tous les
globufcules agiffant alors à la
fois contre cette configuration
plate, je me fentis pouffer avec
véhémence vers le corps quarré
qui à mefure que j'en approchois
devenoit de plus en plus énor-
me ; je croyois que l'impulfion
qui m'avançoit m'y alloit porter,
ce corps me fembloit terreftre,
& j'afpirois à pouvoir y débar-
quer, lorfque je m'apperçus que
je déclinois fur la droite, & que

je m'en éloignois infenfiblement. Je remarquai en paffant
que ce corps n'étoit pas éclairé
dans toutes fes parties, qu'il étoit
monftrueux, & qu'il n'y avoit
que fes extrémitez & fes parties
les plus élevées qui le fuffent ;
ce qui me fit penfer que cette
maffe étoit le corps de la Lune,
& que les fonds obfcurs étoient
les taches que nous lui voyons
de la Terre.

J'étois attentif à cette obfer-
vation, lorfque je fus pouffé
tout d'un coup dans un nuage
fluide dont je fus d'autant mouillé que fi j'euffe traverfé une ri-
viere, heureufement que le tra-
jet fût court, fans quoi je n'aurois pû y réfifter ; il reffembloit
à une neige nouvellement tom-
bée, à la difference de la couleur qui étoit violette & d'un
goût de fouffre, que ce fluide

coagulé n'a pas fur la Terre.

Après avoir paffé cette barriere incommode , je me trouvai dans un ciel doux & tempéré , un nuage plus blanc que la neige fembloit le féparer des autres climats ; là je commençai à refpirer & à reffentir de la joye ; une odeur faine & délicieufe ranima mes efprits appefantis & fatigués de la fituation prodigieufe où je me trouvois ; une idée fecrete me flattoit que j'étois enfin arrivé au but après lequel je foupirois depuis fi long-tems.

L'agitation des petits globes qui m'avoient promené jufques-là dans le Ciel ceffa tout à coup, & quelque effort que je fiffe avec mes aîles pour avancer vers un Palais d'une ftructure admirable que j'apperçus dans un lointain,& vers lequel je me fen-

tois un défir préffant d'arriver,
il ne me fut pas poffible de faire un pas en avant, il fembloit
qu'une forte main me retenoit
& s'oppofoit à tous mes efforts.
Dans cet embarras imprévû,
je me fouvins du poids que je
portois, je coupai le refte des
cordes & des veffies que je
croyois être le principe de mon
immobilité, mais je ne me trouvai pas plus avancé de ce retran-
chement; je crûs que la péfanteur
de mes aîles nuifoit encore au
mouvement après lequel j'afpirois, je détachai ma ceinture,
& je m'en délivrai: cela fut encore inutile: il ne me reftoit que
mon habit, je m'en défis de colere, je n'en fus pas encore plus
avancé: après tous ces vains foins
toujours immobile, je me trouvai nud & fufpendu dans le Ciel
comme une Planette qui y eft

clouée, & qui ne lui sert que d'or-
nement.

Je commençai à m'inquiéter,
on ne peut d.vantage, d'une si-
tuation si languissante & si extraordinaire ; je nageois des bras
& des mains dans le vain espoir
qu'à la fin je sortirois de cet état
léthargique , & ne pouvant y
réussir je pressois toutes les fa-
cultez de mon esprit , pour tâ-
cher de développer les causes
de cet empêchement, mais elles
étoient trop mystérieuses pour
que je pusse y parvenir ; je crus
n'avoir pas d'autre parti à prendre que celui de me résigner entierement aux volontez célestes;
& comme je n'en souffrois point,
il ne me fut pas difficile de m'a-
bandonner à mon sort.

Suspendu comme je viens de
le raporter au milieu du Ciel ,
& ne pouvant faire aucun usage

de mon corps, je crus devoir
donner l'effor à mon efprit par
la confidération de tous les objets qui s'offroient à mes yeux,
je les arrêtai fur un corps peu
diftant du nuage au deffus du
quel j'étois élevé, il me parut
ovale, & les rayons étrangers
qui le frappoient aiderent à ma
vûe & me firent diftinguer quelques mouvemens qui fe paf-
foient fur cette maffe qui me
fembla terreftre, je trouvai en
général que la fuperficie de ce
nouveau monde n'avoit rien qui
différât de notre Terre, je démêlai des montagnes, des mers,
des fleuves & des rivieres, &
avec le fecours des Lunettes
d'approche dont je m'étois muni, & qui étoient la feule chofe que je m'étois réfervée, je
diftinguai des Villes & des Vil-
lages, & malgré la diftance du

lieu, des hommes qui ne me parurent pas plus gros que des mouches, & dont les mouvemens étoient si lents qu'à peine les pouvois-je distinguer.

À la droite de ce nouveau monde, je vis un astre plus brillant que les autres qui sembloit éclairer cette Terre, & que j'en jugai être le Soleil. Je parcourus du lieu où j'étois, l'Univers; de quelques côtez que je jettasse mes regards je rencontrai de pareils mondes, chacun desquels étoit environné d'un nombre confus d'Etoiles qui sembloient lui faire un Ciel particulier : de là je conjecturai que chaque Planette étoit un Monde comme celui que j'avois quitté, qui avoit son Soleil, sa Lune & ses révolutions, & que malgré l'immensité de l'Univers, tout y étoit construit dans une parfaite & une exacte uniformité.

J'étois dans l'admiration de
toutes ces chofes , lorfque le
Ciel s'embruma tout d'un coup
d'une légion de corps animés,
qui comme des Corbeaux croaf-
foient au deffus de ma tête , &
qui y voltigeoient avec une rhumeur confufe ; je fus auffi fur-
pris de leur multitude que de
leur forme. Aucun de mes livres
ne m'avoit prévenu fur leur configuration ; ce qui m'obligea de
croire que j'étois le feul qui eût
été à portée de confidérer ces
merveilles : l'amour propre ne
me laiffa pas douter qu'une prédilection flatteufe ne m'eût choi-
fi. Dans cet efprit je me trouvai une telle liberté , que j'ofai
demander à l'Intelligence qui
me parut la plus près, quelle étoit
la raifon pour laquelle je me
trouvois pour ainfi dire cloué

dans les airs. Je fis cette queſtion
en idiome Caldéen, langue que
je crus la plus convenable pour
entretenir les eſprits. Tremble,
mortel curieux & profanateur,
reprit-on d'une voix enrouée &
févere, frémis de l'attentat que tu
oſe commettre, ignore-tu que
le divin *Sehalgalis* en eſt le ſou-
verain & qu'il n'y ſouffre rien
d'impur? Vive à jamais ce grand
Roi, & périſſent tous ceux qui
oſent aſpirer à le connoître ſans
avoir été purifié dans le *Ceolbhau-
me*, & par l'affreux dépouillement de la matérialité.

A peine le Sylphe eut pro-
noncé ces mots, qu'un cœur des
mêmes eſprits, les repeta mé-
lodieuſement. Cette harmonie
fut ſi puiſſante, qu'il me ſembla
que la matiére qui m'environ-
noit en acquéroit un dégré de
mouvement ; il fut même ſi ſen-

fible que j'en fus ébranlé, & que
je fortis de cet état d'immobilité dont j'étois fi inquiet : une
nuit obfcure fuccéda bientôt,
pendant laquelle une voixmâle,
dont la beauté ne peut s'exprimer, chanta une hymne à la
gloire de *Sehalzalis* : je vous en
tais le fujet, ô *Lamekis*, continua *Déhahal*, il n'eft permis de
l'apprendre qu'après le dépouillement univerfel.

Je pris la liberté d'interrom-
pre dans cet endroit le jeune
Philofophe : m'eft-il permis, lui
dis-je, d'ofer vous demander, fi
la fageffe du Souverain de cette
Ifle vous avoit prédeftiné, puif-
que fans être purifié vos oreilles
charnelles entendirent les merveilles de cette hymne, avantage
dont je ne puis jouir qu'après la
la derniere épreuve. La réflexion
eft judicieufe, reprit *Déhahal*,

mais je ne puis t'y répondre
qu'en te faisant observer que les
Dieux sont les maîtres, & qu'ils
n'ont de raison à donner de
leur prédilection que leur suprême volonté.

Cette réflexion étoit trop juste
pour y rien ajouter. Je gardai le
silence, *Dehahal* continua en ces
termes.

Lorsque l'hymne fut achevée,
quatre Sylphes me saisirent au
milieu du corps. , & fendirent
l'air avec rapidité , je ne sçai
qu'elle force divine & secrette
m'animoit , mais mon esprit ne
fut susceptible d'aucun effroi ,
au contraire je demandai avec
une froide tranquilité aux Esprits qui m'enlevoient, ce qu'ils
vouloient faire de moi. Te pré-
cipiter dans le feu éternel , reprit celui qui m'avoit déja parlé : ne mérite-tu pas ce châti-

ment par ton orgueilleuſe entrepriſe d'être entré dans l'Iſle
des Sylphides. L'Iſle des Sylphides, interrompis-je, avec des
tranſports de joye, & ſans pa-
roître émû ni de la menace ni
du ſupplice. Quoi ! je ſuis dans
ce ſéjour ſi déſiré ? ah ! je ne puis
acheter trop cher le plaiſir délicieux d'y être parvenu. Comment, continua le Sylphe en me
regardant fixement, la mort ne
t'épouvante pas ? Non, conti-
nuai-je, puiſqu'elle eſt précédée
de la félicité à laquelle j'aſpire
depuis ſi long-temps. *Kaliskiki* (a)
s'écria un ſecond Sylphe, pre-
nons garde à ce que nous faiſons
cet homme eſt d'une autre eſ-

(a) Le plus grand ſerment que pût faire un Sylphe. Ce mot ſignifioit par la tête de *Sehalgalis* ; & lorſqu'il étoit pro-
noncé, on étoit obligé de ſe rendre à l'a-
vis de celui qui l'avoit proferé.

pece que le commun des mortels, la loi nous ordonne de pré-
cipiter dans le *Céolbhaume* (*a*)
tous ceux qui font rencontrés
dans la voye *Laeteecaklak* (*b*)
mais celui-ci s'eft trouvé dans
la route *Zi-al-bis* (*c*) d'ailleurs il

(*a*) Voyez la note de la page 19 de la
feconde Partie. C'eft le même endroit
dont il a été parlé, à la différence près,
que ceux qui y étoient précipités fans la
marque purificatoire, y brûloient éter-
nellement.

(*b*) Route de l'Ifle des Sylphides à la
Lune. Ces Sylphes étoient ennemis décla-
rés des habitans lunaires. Non feulement
il leur étoit défendu par leurs Loix d'a-
voir aucune communication avec eux,
mais encore de les détruire, lorfque le
hazard les leur faifoit rencontrer. C'eft ce
qui étoit caufe que lorfqu'ils trouvoient
quelqu'un dans cette voye, ils s'en fai-
fiffoient & les précipitoient fans aucune
rémiffion dans le *Céolbhaume*.

(*c*) Nuage qui fembloit communiquer
de l'Ifle des Sylphides à la terre ; cette
voye, étoit privilegié, & il étoit défendu
aux GardesSylphes de proceder fur aucun
de ceux qui y étoient rencontrés, fans
que *Sehalgalis* en fût préalablement in-
formé.

ne craint point la mort & par
conséquent il eſt privilégié , &
dans le cas de la loi qui dit, que
tout externe vive s'il ne craint
pas de mourir.

Mes gardes Sylphes ſe ren-
dirent à l'avis favorable de celui qui ſembloit me protéger ;
ils s'éloignerent , & tinrent une
eſpece de conſeil , dont le réſul-
tat fut qu'on me purifieroit dans
Lakindakis (a) & que pendant

(a) Signifie en Langue Sylphienne,
ſource univerſelle. Cet endroit du Ciel
eſt, ſelon les Aſtronomes , ſitué au-deſſous de Saturne. Les Intelligences prétendent que c'eſt là où ſe réſout en fluide toute la matiere, & que ſon impulſion
ſe fait par l'action du mobile enflammé.
Ce Ciel eſt ſurnommé glacial, & varie
ſon exiſtence ſelon les differens degrez du
Soleil: lorſque cet aſtre eſt au dernier
d'éloignement, ce Ciel eſt réſolu en glace, lorſqu'il commence à ſe rapprocher.
de glace il devient grele ; de grele ſe réſout en neige , & enfin en pluye , lorſque
le Soleil ſe rapproche entierement de lui.
Les Sylphes regardent *Lakindakis* avec

mon

mon ablution on iroit prévenir
le Souverain,& lui rendre com-
pte de ce qui me regardoit. Ces
choſes décidées , l'un des Sil-
phes ſe détacha , & les autres
m'enleverent au plus haut des
Cieux. Lorſque j'eus fait quelques centaines de lieues en mon-
tant dans les airs , l'éclat extraordinaire des aſtres augmenta à tel point ,que ne pouvant
en ſoûtenir le feu , je fus obligé
de fermer les yeux malgré l'envie extrême que j'avois de con-
ſidérer les beautez prodigieuſes
dont ce Ciel élevé étoit rempli.

Je ne puis,ô *Lamekis*,mieux ſe
prouver la majeſté de cet éclat lu-
mineux,qu'en te rapportant qu'il

les yeux d'une ſi grande vénération, qu'en
revenant de leur miſſion ils s'y purifient ,
comme dans un bain ſacré qui les lavent
de toutes les taches qu'ils ont pû contra-
ctes dans les climats profanes , où leur
devoir les avoit conduits.

IV Part. F

étoit si fort au deſſus de toute expreſſion, que malgré le voile
qui me couvroit la vûe, j'entrevis à travers mes paupieres le
plus grand des ſpectacles que
l'eſprit puiſſe jamais concevoir:
quel diſcours pourroit en faire
le magnifique détail? une bouche autre que divine, ne pourroit l'exprimer, & quand cela
pourroit être, quel eſt ie mortel qui pourroit le comprendre?

Qu'on ſe figure, ſi l'on peut,
l'aſſemblage de tout ce que l'eſprit humain peut concevoir, aidé de tout ce que la fiction pourroit ſuggerer; le Ciel étoit de
la couleur d'un violet pourpré,
tranſparant & avanturant, &
ſembloit éclairé par un million
de Soleils plus brillans les uns
que les autres; dé grands cercles étoilés d'aſtres de cou urs
diverſes paroiſſoient ſoûtenle-

vaſte immenſe des Cieux ; le
point de vûe ne pouvoit atteindre par ſa foibleſſe à aucune extrémité, parce qu'il n'y en avoit
aucune, & qu'aprés l'étendue
ſuivoit l'eſpace, & après l'eſpace l'étendue. Je vis perpendicu-
lairement au deſſus de ma tête,
une maſſe opaque & extraordinaire, ayant la forme d'une
Abeille dont les aîles étoient
étendues : la grandeur de ſon
corps étoit de celle de la plus
groſſe Baleine, le deſſus de ſon
dos paroiſſoit écaillé, & chacune de ſes écailles avoit le même mouvement que celui de
la reſpiration ; le nombre de
ſes pattes étoit prodigieux,
elles ſe mouvoient perpétuelle-
ment, & le froiſſement qu'elles
faiſoient les unes contre les autres, reſſembloit au clictis des
armes.

F ij

Pour la tête de cet animal, elle est difficile à définir. Aucune espece d'animaux ne peut m'offrir de modeles ; sa figure étoit d'un quarré long dont l'extremité se terminoit en trapeze ; à chacun des angles de ce quarré, près du col étoient deux élévations ayant forme de lucarnes, sous le toit de quelles paroissoient deux yeux coupés octogonalement, dont le point visuel étoit une espece de flêche pointue qui rentroit & sortoit avec le même mouvement que le balancier d'une horloge. A l'extrémité du quarré de cette tête, sortoit un vaste bec que l'on pourroit comparer à celui d'une Autruche ; le mouvement de la respiration de l'animal étoit si violent que ce bec s'ouvroit & se refermoit pour pomper & rechasser l'air.

A l'extrémité de chacune des pattes de cette Abeille prodigieuse étoient trois grifes , au bout de chacune desquelles pendoit une tête d'homme qui paroissoient toutes agitées de passions differentes & désespérées ; le ventre de l'animal au lieu de poil étoit revêtu de plaques de cristal, arrangées comme les tuiles d'un toit , chacune de ces glaces brillante de l'éclat le plus vif, représentoit un astre sur lequel on distinguoit des terres , des villes & des hommes , & tout cela d'une structure singuliere & differente des nôtres.

Je fus si étonné de toutes ces choses , & particulierement si frappé de l'affreuse singularité de ces têtes suspendues,& dont les marques de désespoir s'exprimoient à chaque instant,que je fus un long-tems à m'apperce-

voir de la propre fituation où je
me trouvois ; mais me fentant
mouillé , & le cœur commen-
çant à me manquer , j'entrou-
vris les yeux. Qu'on juge de
mon effroi , je nageois dans un
fleuve de fang, & je n'étois foutenu dans les airs que par une
colonne de la même liqueur qui
s'élevoit & fe hauffoit avec un
mouvement réglé ; je levai les
yeux au Ciel , que devins-je ,
lorfque je vis le bec de l'affreufe
Abeille entr'ouvert , qui fembloit m'afpirer, me pomper &
faire tous fes efforts pour m'a-
valler ? Ma philofophie s'évanouit alors, je m'agite , je re-
mue les bras de crainte , &
femblable à un homme qui
craint de fe noyer , je me dé-
bats pour me fouftraire au danger qui me preffe ; les efforts
que je fis furent inutiles, le ba-

...ancement augmenta & me porta bientôt jusqu'à la portée du
bec fatal. Le monstre alors
donna une secousse à sa tête
prodigieuse, elle s'avance, il
ouvre la gueule, renifle & m'a-
valle tout entier.

Je fermai les yeux d'horreur
à ce terrible événement, je me
sentis moudre comme un grain
de bled dans le moulin, sur un
ratelier de dents coupantes comme un rasoir, mon ame se trou-
va bientôt dégagée de son corps;
mais par un prodige inoui, chacune des parties de ce corps sé-
parées, hachées, ressentoit la
douleur qui lui étoit propre,
mes yeux seuls se conserverent
en leur entier, & glisserent entre les dents. Ils virent l'affreux
démembrement du corps au-
quel ils avoient été attachés, &
reconnurent l'ame ressemblante

à un reffort replié fpiralement
fur lui-même , laquelle faifoit
tous fes efforts pour s'échapper
d'un jabot qui l'avoit engloutie,
& qui comme une bourfe étoit
fi bien fermé, qu'elle fe tourmentoit en vain.

Mes yeux qui fembloient
avoir retenu outre leur faculté
ordinaire celle des autres efprits,
par lefquels ils avoient été mûs
fi fouvent, inquiets de ce qu'é-
toit devenu leur corps, le cher-
choient dans le ventre immen-
fe de la Mouche ; comme la lu-
miére tranfperçoit dans toutes
fes parties, il leur fut aifé de les
diftinguer dans l'eftomac de l'a-
nimal; les membres n'étoient pas
encore moulus au point d'être
méconnoiffables, mais les fibres
de l'animal comme mille coups
de marteau les battoient avec
tant d'activité, qu'aidé par un
fang

ſang bouillonnant, ils perdoient
peu à peu leur individu, & ſe
mêloient dans ce ſang, qui s'en
épaiſiſſoit & en perdoit ſa couleur.

Mes yeux ne trouvant aucun
veſtige de ma tête dans l'eſtomac dévorant de l'affreuſe Abeille, la trouverent vers le cœur,
rempli de pluſieurs trous deſ-
quels ſortoient un eſprit rouge
& enflâmé, qui calcinoit inſen-
ſiblement le crâne ; la cervelle
leur parut noire comme de l'en-
cre, & palpitoit avec autant d'a-
gitation que le flanc d'un Cour-
ſier qui a fourni une longue
carriere.

Je m'étonnois dans moi-même de mes yeux comment je
pouvois réfléchir ſans ame; mais
je revins bientôt de cette ſurpriſe, lorſque je reconnus que l'extrémité de mes prunelles te-

noit à un fibre, qui par un autre lineament avoit connexité
avec les fils, repliez de mon ame,
laquelle continuoit à se roidir &
à chercher un échappement.

J'étois encore dans l'examen
de ces choses prodigieuses, lors
que mes yeux se virent attaqués
par une multitude innombrable
d'insectes enfantés sans doute
par la corruption : ils étoient si
petits, que sans leur nombre qui
formoit un nuage épais, il eût
été difficile de les entrevoir; leur
forme étoit ronde, & de leur superficie sortoit une pointe dont
ils dardoient continuellement
les prunelles : elles regretterent
en vain leurs paupieres avec lesquelles elles auroient pû parer
ces assauts redoublés, elles se
creverent & la liqueur dont elles étoient remplies s'épancha
dans le bec de l'animal ; nonob-

ſtant cette derniere diſſolution,
cette liqueur conſerva le ſentiment & s'apperçut avec horreur,
que la langue de l'animal la la-
poit, & la conduſoit par l'aſpi-
ration de l'eſtomac dans un
conduit, où étant arrivée, elle
perdit le reſte du ſentiment, ou
pour mieux dire, tomba dans
une yvreſſe létargique.

Cependant mon ame, qui
continuoit à faire ſes eſtorts,
pour s'échapper & ſe réunir à ſon
principe, ſe ſentit tout d'un coup
reſſerrée & ſe retrouva renfer-
mée dans le cerveau dont elle
étoit ſortie : alors mes yeux ſe
rouvrirent & ſe revirent attachés
à leur tête, & la tête à ſon corps,
qui ſembla ſe réveiller comme
d'une profonde létargie. En examinant les choſes de plus près,
je me trouvai rendu à moi-même, & au lieu du ſéjour affreux

dont je fortois, je me trouvai affis fur le dos de l'Abeille, dont le
bec carnaffier faifoit tous fes efforts pour me ravaler une feconde fois.

La crainte de ce danger, m'a-
gitoit de mille poftures différentes pour me délivrer de ce fe-
cond malheur; mais le col de
l'Abeille étoit fi flexible, qu'en
vain j'avois évité d'etre fa proye:
je touchois au moment où j'allois en être englouti, lorfqu'un
Sylphe apparut, qui s'écria d'u-
ne voix tonnante: c'eft affez,
Sehalgalis eft fatisfait. A ces mots
l'animal difparut, & n'étant plus
foutenu par elle il me fembla
que je culbutois dans les airs.

Mais qu'avois-je à craindre ?
j'étois entre les bras du Sylphe,
il s'étoit rendu invifible pour un
inftant; mais reparoiffant il éter-
nua, & me dit en fouriant que

j'avois trouvé grace devant le Souverain de l'Isle, & qu'après les préparatifs ordinaires je lui serois présenté.

Ce discours porta une douce joye dans le fond de mon cœur: ô *Lamekis*, que les biens spirituels sont délicieux! rien ne peut les exprimer. A peine fus-je aux pieds du trône de *Sehalgalis*, que ne pouvant soutenir cette vûe suprême, mon ame sembla s'envoler de plaisir, mes sens perdirent leur fonction, & je me trouvai en létargie.

Un Chœur de voix divines, me tira par sa melodie, de cet état de paix dans laquelle j'avois été plongé: pourquoi n'y restai-je pas encore quelque instant? J'ouvris alors les yeux, mais je les refermai avec horreur, j'étois écorché tout vif, & mon sang découloit par tous les po-

res ; quatre Sylphes étoient pré-
fens , & tordoient, comme un
linge, avec efforts, la peau dont
ils m'avoient dépouillé ; quoi
qu'elle ne tînt plus à ma chair, ils
ne faifoient pas un mouvement
de cette peau , que je n'en ref-
fentiffe une douleur convulfive.

Les cris que je jettois étoient
fi violens que j'en frémiffois
moi-même ; un cinquiéme Sylphe furvint, armé d'un ftiſet d'a-
cier , dont la pointe me parut
auffi rouge, que fi elle fût fortie
d'une forge ardente : *Déhahal* ,
me dit-il en me regardant fiere-
ment, il eſt encore tems : tu
fouffres avec impatience, il t'eſt
libre de faire ceffer tes tourmens,
l'enveloppe de ton malheureux
corps n'a point encore reçu les
caractères facrés , il ne tient qu'à
toi qu'on ne te la rende , & que
tu ne retournes ramper fur la

terre dont ta vertu t'avois tirée : fais tes réflexion : fonge cependant que tu es le feul qui ait joui de l'augufte préfence de notre divin Monarque , fans avoir paffé par l'épreuve des douze tables, & que cette faveur eft fi grande , que mille vies ne pourroient l'acheter ; penfe encore qu'en reprenant le vieil homme, dont on veut te dépouiller entierement, tu perds pour jamais les biens aufquels tu afpires depuis fi long-tems.

Non , non , m'écriai-je douloureufement, que je rentre plutôt dans l'affreux néant , que de penfer avec tant de lâcheté : achevez, écorchez - moi plûtôt mille fois , pourvû que je jouiffe du bonheur fuprême de participer aux facrés biens. A peine eus-je proferé ces mots , que les quatre Sylphes battirent des

aîles & que l'air retentit d'ac-
clamations.

Le silence ayant succedé, les
quatre Sylphes étendirent ma
peau & la tirerent chacun de
leur côté pour qu'elle fût ten-
due ; l'Intelligence au stilet s'ap-
procha alors , & de sa pointe ai-
gue & brûlante y imprima le privilege suivant , qui se grava en
même tems sur mon cœur avec
la douleur la plus violente.

Privilege d'initiation.

» SEhalgalis , par la grace du
» grand Etre , Souverain
» de toutes les Intelligences
» créées , ou qui le seront dans
» les suites , Dispensateur des
» rayons divins qui donnent vie
» ou qui l'ôtent, Créateur secret
» de tous les insectes , & de tous
» les reptiles, Moteur des grands

» cercles de l'Univers, premier
» Inspirateur des mouvemens
» internes & spirituels des ani-
» maux terrestres, Protecteur
» des sentimens, Alambic de tou-
» tes les sciences naturelles &
» surnaturelles, Possesseur seul
» du grand Oeuvre, & de la li-
» quification de toutes les Pla-
» nettes en fluides, Créateur de
» tous les élixirs. A TOUS SYL-
» PHES, émanés du grand Etre,
» tant blancs que noirs. SALUT,
» Notre cher & bien amé *Kaa-*
» *gilgon*, nous ayant humble-
» ment représenté qu'à la forma-
» tion terrestre de l'animal *Dé-*
» *hahal* Phénicien, il auroit été
» mandé, appellé & choisi pour
» être son guide & le conduire
» spirituellement, & qu'en cet-
» te conséquence, il auroit ap-
» porté tant de soin & de vigilan-
» ce, que jamais le souffle de

» l'esprit noir, n'auroit terni le
» veloutage du cœur dudit *Dé-*
» *hahal* , qu'au contraire ledit
» *Kaagilgon* auroit été affez heu-
» reux de s'en emparer au point
» qu'il lui avoit infpiré le defir
» de nous voir en face , fans l'ai-
» der d'aucun fecours étranger,
» comme il lui conviendroit :
» qu'à cet effet il nous fupplioit
» vû les grandes inclinations , &
» le courage plus qu'humain de
» fon impétrant, de vouloir bien
» lui accorder nos Lettres de
» graces , pour être reçu corpo-
» rellement dans notre Ifle di-
» vine, aux conditions, qu'il fe
» conformeroit à nos Loix, Us
» & Coûtumes, & qu'il ne re-
» tourneroit jamais fur la terre,
» felon notre judicieufe politi-
» que, dans la crainte que nos
» fecrets ne foient divulgués &
» profanés.

» A ces Causes, voulant trai-
» ter favorablement ledit *Kaa-*
» *gilgon*, & reconncître en fon
» efprit fa vigilance, fes talens,
» fon zele,& lui donner des mar-
» ques de notre bonté toute roïa-
» le, Nous lui accordons par ces
« Préfentes fcellées de notre fou-
» fle, le droit de porter dans la
» *Ladinkakis* ledit Phénicien fon
» éleve, lui permettons en ou-
» tre par grace fpeciale, de le
» faire dévorer par la grande
» Abeille, notre infecte privile-
« giée, à laquelle nous mandons
» & ordonnons, de le digerer
» aux conditions toutefois, qu'-
» elle le rendra dans fon entier,
» trituriment fait audit *Kaagilgon*
» auquel nous permettons d'é-
» corcher tout vif l'impétrant,
» & en après de lui faire part de
» nos Loix, Us & Coûtumes,
» afin qu'il puiffe jouir de tous

» nos privileges, que notre be-
» nignité sans seconde accorde
» à tous nos Sujets, à l'excep-
» tion toutefois de l'invisibilité
» & de l'immaterialité qui ne lui
» seront accordées que trois
» jours après son decès, aux con-
» ditions que ledit privilege se-
» ra inseré tout au long sur la
» peau de l'impétrant, & que la-
» dite peau sera remise & pen-
» due dans le trésor de nos ar-
» chives pour servir à ce que de
» raison : Mandons, enjoignons,
» ordonnons, à tous nos Officiers
» tant residens dans cette Isle,
» qu'envoyés dans les mondes
» terrestres, de reconnoître le-
» dit *Déhahal*, comme un de nos
» sujets de la troisiéme classe, &
» de tenir la main qu'il jouisse de
» toutes les faveurs que nous
» avons cru devoir lui accorder :
» Commandons à notre *Loug-*

» *hbuk-ou* (*a*) de faire publier,
» notre ditte volonté par no-
» tre *Lankiska*, (*b*) afin que nul
» n'en prétende caufe d'igno-
» rance, nonobftant clameurs
» d'efprits noirs, & défefpoirs
» à ce contraire. DONNE' dans
» notre Palais fantaftique de
» l'Ifle des Sylphides, fans dat-
» te (*c*) & fans révolution.

SEHALGALIS.

Par le Roi fans Confeil,

LOUGHOUK-OU.

(*a*) Garde du ftilet royal, faifant les
fonctions de Secretaire d'Etat,

(*b*) La grande Abeille, elle avoit le
droit de proclamer les ordonnances de *Sehalgalis*, & en cette confideration chaque habitant de l'Ifle étoit obligé de
lui fournir une certaine quantité de ca-
davres pour fa fubfiftance, que les Sylphes alloient détenir dans les Planettes
habitées.

(*c*) Il étoit défendu dans l'Ifle des Syl-

Lorfque l'impreffion dudit Privilege eut été gravée fur ma peau, le Sylphe *Kaagilgon* tranf-porté de joye, me donna l'ac-colade fpirituelle (*a*) & me fen-dit la langue, la plus grande de toutes les faveurs.

Mais, ô *Lamekis*! que ce qui va fuivre te fera connoître qu'il eft doux d'acheter la felicité.

A peine la peau du vieil hom-me eut-elle été dépofée dans le

phides de datter, & d'avoir des inftru-mens qui mefuraffent le tems, fuppofant que la vraye felicité n'a point de bornes, & qu'elle n'eft point fujette aux révolu-tions.

(*a*) Faveur finguliere & l'une des plus grandes qu'un Sylphe peut faire à un mor-tel ; elle confifte à caffer une dent, *Kaa-gilgon* par furcroit de diftinction en caffa quatre à *Déhahal*. L'hiftoire n'apprend pas que jamais une telle grace ait été ac-cordée à d'autres hommes ; ce qui fait que tous les fçavans ont une grande vé-neration pour le Philofophe dont il eft ici parlé.

tréfor des archives, (*a*) qu'une nouvelle reparut fubitement, & couvrit mes mufcles déchar- nés. Je ne fus pas plûtôt paré de ce vêtement corporel , que mes efprits conçurent les chofes tout autrement qu'ils n'avoient fait jufqu'alors;mes yeux fafcinés (*b*) précedamment virent clair & ils connurent la vérité.

Il ne manquoit plus qu'une formalité effentielle pour mon

(*a*) Tour dans laquelle on confervoit les peaux de ceux qui avoient rendu de grands fervices à l'Ifle ; ces peaux fer- voient de dot aux filles que l'Etat ma- rioient , c'étoit le plus grand bien qu'el- les pouvoient apporter à leur époux; faifant preuve d'une nobleffe qualifiée : dans les grandes cérémonies les femmes s'en fervoient comme de longs manteaux, & par cette marque étoient diftinguées de la nobleffe ordinaire.

(*b*) Les Sylphides prétendoient qu'a- vant ce dépouillement l'efprit embaraffé de la matiere, ne voyoit les chofes qu'à travers un nuage, & qu'il étoit impoffi- ble qu'il diftinguât le vrai d'avec le faux.

initiation, c'étoit la sainte lecture (*a*) des usages , des loix & des mœurs. Comme c'est la base sur laquelle un aspirant doit s'appuyer , & que j'ai le droit , ô *Lamekis,* de faire part de ces trésors, quand on s'en est rendu digne par la fermeté dont on a soutenu l'épreuve des douze tables , & que j'ai encore celui de rapporter mon histoire , afin qu'elle serve d'exemple (*b*) & d'introduction ; je m'étendrai avec exactitude afin que vous

(*a*) Il semble que l'auteur veuille inferer de ce mot, qu'on ne peut être véritablement honnête homme , sans être parfaitement instruit des loix de son pays.

(*b*) *Déhahal* donne une grande leçon dans ce Passage , à ceux que le ministére charge de la conduite des autres hommes, en leur faisant connoître que le bon exemple est le plus fort de tous les moyens dont on peut se servir pour les corriger & pour les amener à la perfection , il est permis de se glorifier dans le

soyez

foyez en état de faire de faines
réflexions , & de vous bien dé-
cider fur tout ce que vous avez
encore à fouffrir, avant que de
tendre à la confommation ; car
autant ferez-vous fortuné fi vous
y parvenez, autant & plus au-
riez-vous lieu de gémir , fi dans
le tems de la tentation vous re-
grettiez un état fi divin. Malheur
alors (*a*), rage, défefpoir, ce feroit une éternité de maux & de
fouffrances.

Après le renouvellement ex-

bien comme il eft effentiel de convenir
de fes foibleffes ; l'un donne de l'émula-
tion, l'autre châtie l'amour propre.

(*a*) Le Philofophe prétend par ce difcours infinuer qu'il ne fuffit pas de tendre
au bien , qu'il faut y perfeverer: il femble encore nous apprendre que la perte
d'une felicité qui nous eft échappée par
notre propre faute , entraîne de fi cruels
regrets , que ce fupplice eft l'un des plus
violens qu'on puiffe imaginer. Voyez
Henfius en fon Traité des fouffrances , p.
42. tom. 5. Edition d'Hollande.

IV. Part. **H**

traordinaire de mes chairs, je
fus conduit en pompe au Palais
de l'Opacité (a), (le même où
nous sommes actuellement)
Loug-houk-ou, voloit à la tête
d'une multitude innombrable de
Sylphes en chantant une hymne divine. Après ce premier
corps suivoient les demi-Sylphes
à pied, sur le nuage *Kikizigam-
bis* (b), ils avoient à la bouche

(a) Etoit bâti de carreaux de tonnerre,
aussi-bien que la Tour des archives, &
tous les lieux materiels. L'auteur s'est
trompé en avançant que nul corps n'étoit
souffert dans cette Isle, à moins qu'il
n'ait tacitement excepté les exhalaisons
terreuses & pétrifiées par le Soleil, ou
tout ce qui étoit créé dans les airs comme
propre de leurs substances.

(b) Pour bien entendre ce passage, il est
necessaire de donner une idée de ce en quoi
consistoit l'opacité de l'Isle. On ne peut
mieux comparer son terrain qu'à la maniere dont est bâtie Venise, en mettant le
Ciel à la place de la Mer, où si l'on veut
en imaginant qu'il y avoit des nuages so-
lides, qui portoient la troisiéme classe des

une efpece d'inftrument reffem-
blant à peu près à la trompe (*a*)

habitans de ce Climat ; car n'en déplaife
à l'original , l'Ifle de Sylphes nommée
des Sylphides , eft de nature mixte : elle
eft fi connue aujourd'hui , que ce feroit
abufer du loifir d'un Lecteur que de vouloir lui prouver une vérité fi conftante ,
affez de François en font revenus , qui
peuvent être cautions de ce qu'on ne fait
ici qu'obferver en paffant ; mais comme
la vie eft remplie de ces gens incrédules ,
qui paffent leur vie à douter de tout , on
les prie une bonne fois de tenter le voyage
de l'Ifle des Sylphides , l'hiftoire du Philofophe *Déhahal* apprend les moyens
dont on peut fe fervir pour y arriver , il
n'eft pas difficile après un détail auffi clair
d'y parvenir , & l'on fe flate qu'après leur
retour , ils voudront bien rendre juftice
à la vérité.

(*a*) L'on voit bien que le Philofophe
étoit auffi Orateur , & qu'il ne put s'empêcher de faire une auffi riche comparaifon ; ce texte rendu mot pour mot , dit que
ces inftrumens figurés fous le nom de
trompes de Triton , étoient des veffies
d'hommes piquées de très petits trous
qu'ils embouchoient & foufloient continuellement , le vent qui fortoit de ces pi-
quures rendoit un fon fort doux & fort
particulier.

de Triton, lequel rendoit un son doux & mélodieux. *Kaagilgon* précédoit la marche, & portoit un drapeau repréfentant la grande Abeille, vomiffant un mortel, cette peinture étoit tranfparente, & faites avec un art qui ne peut s'exprimer.

Je fuivois la feconde claffe (*a*) des habitans de l'Ifle, traîné par quatre demi Sylphes faifi que j'étois par les cheveux & portant le ventre à terre. La marche dura quinze heures, je ne pus m'empêcher pendant ce tems de foufrances de renier interieurement (*b*) les Philofophes & la Philo-

(*a*) Demi-Sylphes, changeant tous les douze heures d'efpece, c'eft ce que le Vulgaire appelle folets, ou fautarets.

(*b*) Ce paffage dénote que la patience & la perfeverance font les vertus neceffaires pour atteindre au fuprême bonheur. Il femble cependant que l'auteur badine ici le Philofophe, fur fes dégoûts & fur fes regrets.

fophie; quelque bon fond que nous ayons, l'homme fe manifefte toujours par quelques endroits.

Depuis l'endroit où la pompe commença jufqu'aux avenues du Palais de l'Opacité, le chemin fut bordé par les habitans de l'Ifle qui forment la troifiéme claffe,(a) lefquels avoient à la main un rechaut (b) dont s'exhaloit une fumée odoriférente & agréable; fon épaif-

(a) Compofée d'hommes ordinaires privilegiés ou recrutés par les Sylphes.

(b) La premiere condition qu'un homme étoit obligé de remplir lorfqu'on le recevoit au nombre de ces habitans, étoit de ne jamais quitter un rechaut, fait comme une efpece de cul de lampe fufpendu fur un manche de fer, dans lequel devoit brûler perpetuellement une gomme très-puante, afin d'éloigner d'eux les Efprits noirs; dans la fuite des tems ils fe font tellement habitués à cet ufage, que s'il venoit à être défendu ils ne pourroient plus s'en paffer.

feur formoit un grand nuage ;
que le foufle des trompes élevoit à une diftance affez rai-
fonnable pour n'en pas être in-
commodé ; derriere la hàye des
citoyens de l'Ifle paroiffoient les
femmes (*a*) Sylphes couvertes
de leur *Cankragard* (*b*), quoique

(*a*) Les femmes ne paroiffoient jamais que dans les fêtes publiques. Le
fexe dans cette Ifle, eft de deux efpeces ;
la premiere, née de race Sylphienne en a la
configuration & les attributs, malgré
leurs ftructures extraordinaires elles font
d'une telle beauté, qu'elles font capables
d'infpirer des paffions aux mortels.

La feconde efpece de ces femmes eft ordinaire à la nôtre, quoique les Sylphes
puiffent dire de la groffiereté de notre
nature, ils font naturellement inclinés à
aimer les femmes de notre efpece ; dès
qu'ils en trouvent fur la terre qui leur
plaifent, ils trouvent le moyen de les en-
lever, & des raifons pour les admettre
dans l'Ifle : l'on verra dans les Parties fui-
vantes des particularitez qui expliqueront
mieux ce paffage, affez difficile à entendre dans l'original.

(*b*) Cendre d'ongles brûlés, dont les

leur ſtructure fût différente de la nôtre, je ne pus m'empêcher de les trouver aimables. La troiſiéme ligne étoit formée par la

femmes étoient obligées de ſe couvrir le front pour donner à connoître qu'elles n'étoient que pouſſiere à la face de leurs maris.

Il ſe trouve heureuſement un paſſage dans les faſtes compoſés par Gregoire de Tours, où il traite de la ſubordination des femmes envers leurs époux, dans lequel il cite, que dans l'Iſle des Sylphes, (c'eſt ainſi qu'il la nomme,) les femmes y étoient ſi reſpectueuſes & ſi ſubordonnées, qu'il ne leur étoit pas permis de marcher des deux jambes, toute la grace qu'un mari pouvoit faire à ſa femme, étoit de lui permettre de changer de pied, faveur cependant qu'il n'etoit permis d'accorder que dans le particulier. Le ſçavant Miniſtre de Charenton, pouſſe encore la remarque plus loin, en nous aſſurant que ſi une femme bronchoit malheureuſement, ou qu'elle fût ſurpriſe ſur ſes deux pieds, dans le moment on lui en coupoit un, qu'elle étoit obligée de porter au col pour le reſte de ſes jours. Cet auteur rapporte à ce ſujet un exemple digne de foi, de la femme d'un premier Miniſtre qu'il ſeroit ici trop long de déduire.

Peu-plau-keki (*a*) mortelle de notre efpece ; je promenai volup-
tueufement mes regards fur des
objets fi flateurs , & fans la violence des maux que me faifoit
fouffrir la maniere cruelle dont
j'étois traîné , je me ferois éloigné de ce coup d'œil avec re-
gret ; mais il eft bien difficile
que l'ame conferve des idées
fenfuelles , lorfque le corps eft
maceré , & accablé par les fouffrances.

Après la *Peu-plau-keki* la marche étoit fermée par les grands
chevaux Sylphes, leur efpece
admirable m'étonna , la tête de
ces animaux reffemble à celle
d'un cerf, & à la place des oreilles font deux aîles tranfparentes;
cette tête eft fans col , & tient à
un ventre parfaitement rond à

(*a*) Femme mariée par l'Etat , qui avoit
droit d'affifter aux grandes cérémonies.

l'extrémité

l'extrémité du corps, eſt au lieu
de queue un éventail de plume,
qui s'ouvre & qui ſe plie comme
des aîles.

Ces chevaux étoient montés
par des demi Sylphes d'une eſ-
péce bien différente de l'ordinaire ; l'on ne leur voit point de
tête, mais ils ont un œil placé
à chacune de leurs épaules , &
leur bouche paroît au - deſſus
du nombril ; lorſqu'ils étendent
les bras, l'on entrevoit les oreilles couvertes d'un toit de chair
en forme de cloche ; leurs mains
ſont à l'ordinaire, à l'exception
que les doigts ſont attachés par
des chairs fléxibles qui n'en em-
pêchent pas le mouvement ; une
cuiſſe fort large & d'un gras
contour, termine ce corps ſur-
prenant , qui finit en pointe ronde, & de laquelle il ſaute au
lieu de marcher.

Part. IV.   I

Du milieu de leur poitrine
fort un grand nez, dont les nar-
rines font fur le dos, qui leur
fert de trompette ; les différentes manieres de le toucher, forment la différence des fons.

J'ai appris depuis que cette
efpéce fi finguliere dérivoit d'un
peuple qui habitoit une des Planetes voifines. L'un des premiers miniftres s'étant révolté
contre les loix fondamentales,
& voulant admettre une Puif-
fance fupérieure à la fienne, fut
précipité par fon ordre de la
Planete, & recueilli par un Sylphe, qui l'agréa lui & les fiens
dans cette Ifle.

Lorfque nous fumes arrivés
aux portes de la grande avenue
du Palais de l'Opacité, la
Pompe, s'arrêta pour me faire
obferver une cérémonie effentielle, dont la rigueur penfa nui-

re à la confommation de mon
bonheur par l'impatience qu'elle me caufa.

Il n'étoit pas permis au peuple de me conduire plus loin,
& j'étois obligé, dans ce moment
de m'en féparer, de recevoir
fes derniers complimens ; l'on
avoit même coutume en cette
occafion de le haranguer, le
Loug-houk-ou, très-religieux ob-
fervateur de ces ufages, étant
bien-aife d'ailleurs de me faire
honneur, en me montrant à
l'affemblée, me faifit par une
oreille, (*a*) & m'enleva en l'air
de cette façon, en prononçant
un difcours morale & rempli

(*a*) Marque de diftinction finguliere,
lorfqu'un Sylphe rencontroit un habitant
de l'Ifle, & qu'il vouloit lui prouver fon
eftime, il lui tiroit les oreilles, & le traf-
noit ainfi à terre ; ce qui vouloit fignifier
je vous eftime, vous êtes un honnête homme, vous pouvez compter fur mon amitié.

I ij

d'élegance, qui servoit d'apologie à la maniere dont je m'étois comporté dans les épreuves, & les raisons qui avoient servi à me faire mériter le glorieux avantage de l'initiation.

Ce fut avec une douleur terrible que j'entendis mon propre panégyrique. L'Orateur ne finissoit point, & pour comble de desespoir, il ajoûtoit aux graces de son discours ampoulé une gesticulation si violente que ma malheureuse oreille en étoit livide & écorchée.

La harangue enfin finie, le peuple applaudit. (a) il est vrai

(a) Cet applaudissement se faisoit en ramassant des pierres & en les jettant à la tête de l'Orateur. Plus le nombre des contusions qu'elles occasionnoient étoit grand, & plus il étoit général.

Après que la harangue etoit achevée, il y avoit des hommes proposés exprès pour ramasser les pierres qui avoient été ettées; ensuite on les mettoit dans une que j'entrevis cependant de la cabale , & que plusieurs se recrierent sur quelques épithetes & quelques tours de phrase hardis , que l'Orateur avoit hazardés. Mais en faveur de la nouveauté tout passa.

J'avois été remis à terre pour recevoir les adieux de l'assemblée : chacun des Corps envoya ses Députez pour me féliciter de ce que j'allois devenir un de leurs membres. La cérémonie qui accompagna leurs compli-

balance , & l'on faisoit un cri qui invitoit les Critiques à se mettre du côté léger de la balance : tant qu'il s'en présentoit on les recevoit , & lorsqu'il n'en pouvoit plus tenir , on suspendoit la bascule. S'il arrivoit que les pierres l'emportassent , ou enregistroit l'approbation de la harangue, & elle servoit de modéle pour les jeunes Orateurs. Pour les Critiques qui l'avoient mal-à-propos frondé , on les jettoit dans un Puits que l'on couvroit des mêmes pierres qui avoient servi de témoins à leur envie & à leur mauvaise foi.

I iij

mens, ne fut pas une des moindres peines que j'avois endurées jufqu'alors ; c'étoit cependant une diftinction qui auroit dû flatter ma vanité, puifqu'elle étoit une marque certaine de confidération, qui fe manifefta en me chatouillant avec toute la délicateffe dont on veut ufer lorfque l'on veut faire rire quelqu'un, mais dont je ne fouffris pas moins des maux précédens.

Lorfque le Peuple fut retiré, *Kaagilgon* me permit de marcher felon notre ufage ordinaire (*a*) J'avois grand befoin de cette grace, & fans elle je ne fçais fi j'aurois pû fupporter d'être traî-

_____

(*a*) Condefcendance furprenante & qui feroit douter de ce paffage, fi le nombre des Auteurs qni le rapportent ne nous déterminoit pas à le croire, étant de foi qu'il n'étoit pas permis à aucun mortel de marcher fur le terrain facré de l'Ifle, qu'il n'eût été initié au nombre de fes habitans.

né plus long-tems fur le ventre, tant il étoit douloureux.

Ce ne fut pas fans une pitié extraordinaire que je traverfai la grande avenue : en levant les yeux fur les arbres dont elle étoit bordée , je vis le fpectacle le plus furprenant : pour bien le comprendre , il faut fçavoir que le Peuple ne pouvant entrer dans la grande avenue, a la pré-rogative de l'échaffaut lors des grandes cérémonies , aux con-ditions ftipulées dans leurs pri-vileges. Cette faveur confifte à être accroché par les narines à des piquets loués fort cher dans ces jours folemnels. Le nombre des curieux étoit fi grand, que pendant quatre heures que du-ra le chemin il n'y avoit pas un intervalle qui ne fût rempli de ces pendus volontaires ; fans la douleur que j'imaginois fauffe-

ment qu'il devoit reſſentir, j'aurois trouvé ce coup d'œil agréable, d'autant plus que chacun
de ces accrochés faiſoit un exer-
cice (a) des bras & des jambes
que je ne puis rendre, mais qui
n'en étoit pas moins ſingulier &
agréable aux yeux.

Lorſque nous fûmes arrivés
à la premiere cour du Palais, le
triple ſignal ſe fit, & tout ce qui
avoit paru juſqu'alors, s'enfuit
avec précipitation. On me re-
mit alors ſur le ventre, & je tra-
verſai les cours, & montai les
dégrez toujours traîné par les

(a) Les citoyens de l'Iſle étoient grands
joueurs de gibeciere ; ceux dont il eſt fait
ici mention, étaloient à l'envi tout ce que
l'adreſſe & la ſubtilité peut faire voir de
plus extraordinaire. C'eſt de cette Iſle que
ce Charlataniſme a paſſé ſur la terre, &
lorſqu'un homme ſe diſtingue en ce genre, l'on peut aſſurer que l'Eſprit noir
l'inſpire, & ſe trouve ſous chaque gobe-
let.

cheveux. Quelques remontran-
ces que me pussent faire les Sylphes., je ne pouvois m'empêcher de jetter les hauts cris ;
il me sembloit même que j'étois
en sang , & qu'il n'y avoit pas
une des parties intérieures de
mon corps qui ne fussent à la
veille d'en sortir ; j'étois même
si frappé de cette idée, que dès
que je pus me tâter, je portai
la main aux endroits douloureux : persuadé que je les trou-
verois écorchés & en sang ; mais
tout étoit en bon état,& ma main
ne rencontra qu'une grande
moitteur, (a) qui sentoit un goût
fort agréable de venaison gâ-
tée (b) ; l'imagination fait la moi-

(a) Il est à présumer que les souffran-
ces dont *Dehahal* enfle le détail , ne gissoit
que dans son imagination., & que la moi-
teur dont il parle, procedoit de l'action
dont son cerveau étoit travaillé.
(b) Cet article sembleroit ironique &

tié des maux. Après cet examen, je ne reſſentis qu'une ſu-
perficie de douleur, & je crus
pouvoir penſer que c'étoit à la
ſolidité de ma peau nouvelle
que je devois l'heureuſe ſituation dans laquelle je me voyois,
& j'en tirai d'heureuſes conſé-
quences pour l'avenir.

A peine fûmes nous arrivés
dans la magnifique ſalle où étoit
dépoſé le triple rouleau, (*a*)
que deux Sylphes me ſaiſirent
chacun d'un pied, & me ſuf-
pendirent en l'air, pour y en-

surprenant, ſi l'on ignoroit que plus une
odeur étoit deſagréable, & plus elle plai-
ſoit dans cette Iſle. C'eſt ſur ce fondement
qu'un Auteur moderne a dit fort agréa-
blement, que lorſqu'un vent nous incom-
modoit, c'étoit un Sylphe que nous avions
dans le corps, qui vouloit s'en échapper.

(*a*) Le triple rouleau étoit fait d'une
peau d'homme qui s'étoit trouvée ſi forte, qu'on avoit pû la corroyer de trois
épaiſſeurs.

tendre la lecture de l'Histoire
sacrée, un autel sur lequel par-
roissoit un Simulachre, repré-
sentant *Sebalgalis*, fut ouvert; mais
avant que d'en tirer le rouleau,
l'on m'arracha deux dents (*a*) de
chaque côté, qu'on brûla devant
l'idôle au reverbere des raïons du
soleil, un Sylphe à terre avec
un instrument fait exprès qu'il
remplit de la fumée qui sortoit
de mes dents brûlées, me la se-
ringua dans la bouche, & cette
impulsion se fit avec une telle
force, qu'elle me sortit bien-tôt
par les yeux & par les oreilles.

(*a*) Les Sylphes prétendoient que les
dents nuisoient à la conception, comme
des corps terrestres à travers desquels les
esprits volatiles ne pouvoient transper-
cer. Il n'étoit permis à aucun des habitans de l'Isle d'en conserver ; & la premiere chose que l'on faisoit à un enfant
lorsqu'il venoit au monde, étoit de lui
arracher les gencives, afin de détruire
jusqu'aux racines de ces vils ornemens.

L'action en fut fi violente, qu'u-
ne hémorragie fuccéda, & le
fang fe mit à couler par tous les
endroits où il put trouver un
paffage.

Je croyois que j'allois rendre
l'ame à la vûe de l'état où je me
trouvois, mais le triple rouleau
ne fut pas plûtôt tiré du Sanc-
tuaire, que l'hémorragie ceffa ; il
eft bien vrai qu'un Sylphe me
fit entrer de force dans la bouche un caillou de criftal, (*a*) qui
fit un tel effet, que dès que
j'en eus fenti l'atouchement, je
me trouvai dans l'état le plus
tranquille, mon ame alors tref-

____

(*a*) L'auteur n'a pas bien rendu ce paffage, le Cailloux dont il eft queftion étoit
un morceaux de glace, dont la fraîcheur
fit ceffer l'hémorragie ; l'on ne fçauroit
apporter trop de foin lorfqu'on traduit ;
la moindre équivoque jette de l'obfcuri-
té, & c'eft ce qui eft arrivé plus d'une
fois dans le cours de cet ouvrage.

faillit de joye, & mon efprit dans une douce affiete écouta avidement.

La quatriéme Partie finit dans cet endroit, & dans la cinquiéme il ne fe trouve aucune trace de l'hif-toire de *Déhahal*, ce qui m'ayant fait imaginer que ce défaut venoit d'une lacune confidérable, ou de la perte de quelques pages du manu-fcrit, j'ai cru y devoir fuppléer en cherchant dans les Auteurs les plus fçavans quelques paffages qui puf-fent m'aider à finir une hiftoire fi intéreffante, deux ans fe font paffés à feuilleter dans les Bibliothéques les plus connues tous les Sçavans qui ont écrit dans ce genre, & fur-tout ceux qui ont commentés les Avantures de Lamekis. Je commen-çois à me rebuter de tant de foins inutiles, lorfqu'une avanture ex-traordinaire qui mérite d'être rap-portée, m'a mis enfin en état d'ache-ver cet ouvrage.

Un jour que je revenois de la Bi-bliothéque du Roi, fort trifte d'a-

voir paſſé la journée à feuilleter
vingt volumes ſans rien trouver qui
fût relatif à la lacune qui m'intéreſ-
ſoit, je m'apperçus en ſortant de la
rue de Richelieu, que j'étois ſuivi
par un grand chien noir, dont les
yeux s'arrêtoient fixement ſur les
miens; l'inclination que j'ai pour ces
animaux domeſtiques, me fit flatier
de la main celui-ci, il parut recevoir
mes careſſes avec complaiſance : je
continuai à marcher, ſans penſer que
j'en duſſe être ſuivi davantage, &
je rentrai chez moi ſans y faire aucune attention.

La nuit qui ſuivit cette rencontre m'agita de pluſieurs rêves extraordinaires; mais ce qu'il y avoit
de particulier, c'eſt que le grand
Chien noir en faiſoit le ſujet. Cependant au réveil, j'oubliai ce fonge ſelon ma louable coûtume, mais
en mettant la tête à la fenêtre, je
me le rappellai. Frapé de la vûe du
Chien noir qui étoit à ma porte,
& dont je rencontrai les regards,
cet acharnement à me ſuivre & à
me fixer de ſes yeux lorſqu'il me

voyoit, me fit reffentir un friffon
involontaire , & m'agita au point
que je fus obligé de prendre du
Chocolat, pour raffurer mes fens
étonnés : me retrouvant mieux , je
retournai à la fenêtre, & revoyant
encore le Chien, je me figurai que
la famine le tourmentoit, & que fes
regards fixes n'étoient autre chofe
que ma compaffion qu'il imploroit.
Prévenu de cette idée, je lui fis porter à manger , mais au lieu de fe
jetter fur un morceau de pain qu'on
lui offroit , il fe mit à heurler avec
une voix fi étonnante, que tous les
Roquets du quartier s'en émurent ,
& fortirent de leurs demeures pour
en apprendre la caufe, tous les Baf-
fets vinrent aboyer de loin le grand
Chien , quelque hargneux qu'ils
fuffent , la baffe taille de fa voix les
intimidoit : les voifins incommodés
de cette rhumeur chiennique , ex-
citerent leurs chiens à débarraffer la
la rue du terrible hurleur ; un Mâtin foutenu de la voix de fon Maître
ofa s'en approcher ; mais d'un coup

de dent il le jetta à bas & l'étrilla d'une si furieuse sorte, que cet exemple contint la canaille.

Cependant le voisin qui attachoit sans doute son honneur à la vigueur de son Mâtin , prenant pour un affront ce qui venoit d'arriver à son Chien ramassa un grez , & le lança avec violence au Mâtin victorieux , mais quelle fut sa surprise & celle de tout le monde , de voir cette pierre avalée en un instant , & le Chien continuer à heurler. Les bonnes gens s'imaginerent qu'il étoit sorcier ; les plus sages enragés , & prévenus de l'une ou de l'autre de ces causes, chacun rentra chez soi, & ne voulut point s'exposer aux effets de la colere d'un si furieux animal.

Cependant un brave de nouvelle édition , qui n'avoit fait part de son dessein à personne, sortit avec un fusil , cria gare , mira le Chien & voulut le tirer. Son fusil ayant fait rat , il se servit de tous les secrets qu'il put imaginer pour faire prendre

dre feu à l'amorce ; il le couche une
seconde fois en joue, autre rat : la
poudre eſt peut-être humide, il faut
la renouveller ; on en fait autant de
la pierre, gare une troiſiéme fois,
pour le coup nous aurons du poil ;
frivolle eſpoir ! le reſſort part, le
baſſinet ſe découvre, & la poudre
reſte dans ſon entier.

Tout le quartier étonné de ce
prodige, murmure & ſe confirme
de plus en plus que ce Chien eſt
ſorcier ; pour moi qui donne peu
dans de pareilles viſions, j'imaginai
qu'il y avoit là-deſſous de l'extraordinaire, & que ce Chien n'en vouloit
qu'à moi particulierement. Prévenu
de cette idée, je m'habillai & ſor-
tis ; à peine le Mâtin noir me vit-il,
qu'il ceſſa de heurler, & qu'il donna des marques de joye & de ſatiſ-
faction : le brave qui avoit fait tant
d'efforts pour le tirer, vint m'abor-
der & me conta avec beaucoup d'am-
phaſe tout ce qui venoit d'arriver.
Je lui dis que j'en avois été témoin ;
& m'approchant de ſon oreille, je

IV. Part.   K

lui conseillai de quitter l'entreprise qu'il avoit formée, en l'assurant que que tous les efforts qu'il pourroit faire seroient inutiles, persuadé que le Chien dont il étoit question étoit un Loup garou, & qu'il feroit très bien de se tenir lui-même sur ses gardes, qu'il y avoit lieu de craindre qu'après tout le mal qu'il avoit voulu lui faire, cet animal dangereux ne s'en vengeât en le dévorant à la premiere rencontre : en achevant ces mots, je tournai le coin de la rue, & laissai mon brave qui avoit pâli jusqu'au blanc des yeux.

Je ne fis pas un pas pendant tout le reste de la journée que je ne fusse suivi du Chien noir. Frappé d'une chose aussi extraordinaire, je passai dans des lieux écartés afin que s'il y avoit un mystére inconnu, de donner lieu a l'animal de me laisser entendre ce qu'il me vouloit. Cela me sembla réussir ; m'étant acheminé vers le Fauxbourg Saint - Antoine, il descendit dans les fossez de la Ville, & en se retournant de tems

en tems fembloit m'invitter à le fuivre; il étoit presque nuit, mais quelqu'envie que j'eusse de satisfaire une
curiosité qu'on jugera légitime, je
ne crus pas devoir m'exposer à de
pareilles heures à une avanture qui
pouvoit être dangereuse, sans y
apporter des précautions prudentes.
De telles réflexions me firent retourner sur mes pas, & ayant trouvé un
carosse, je me fis reconduire chez
moi.

La nuit suivante, je fus réveillé
en sursaut par une musique fort
agréable qui se faisoit dans la rue;
la passion que j'ai pour cette science
me fit lever, imaginant que les beautez dont fourmille la Butte Saint-
Roch mon quartier, occasionnoient
cette serénade. Curieux de l'entendre, & de sçavoir pour qui cette
galanterie se faisoit, je mis la tête
à la fenêtre; mais quelle fut ma surprise, de reconnoître à la lueur de
quatre sinistres flambeaux que quatre Barbets portoient dans leurs
gueules, une douzaine de Danois

K ij

blancs qui se tenoient par les pattes & qui dansoient en rond autour de mon grand Chien noir en aboyant de differentes manieres un vaudeville où les rimes & la cadence étoient observées. Je me frottai les yeux imaginant que je dormois, & que les vapeurs d'un songe extraordinaire m'offroient un spectacle aussi singulier ; mais je ne fus pas long-tems sans m'appercevoir que j'étois parfaitement éveillé, & que ce n'étoit pas sans raison que le grand Chien noir étoit si acharné à me suivre.

Fin de la quatriéme Partie.

APPROBATION.

J'Ai lû par ordre de Monseigneur le Garde des Sceaux, *la quatriéme Partie de Lamekis,* & j'ai crû qu'on pouvoit en permettre l'impression. A Paris le 17 Novembre 1736.

MAUNOIR.

www.ingramcontent.com/pod-product-compliance
Lightning Source LLC
Chambersburg PA
CBHW060837250626

47162CB00005B/2094